Dieter

Füting

Gedanken über Königs Wusterhausen Essays zur kommunalen Politik

Versuch einer Standortbestimmung

Hamburg – Königs Wusterhausen - Straupitz
GT-Books - Herausgegeben von Norbert Gisder

Es ist meine Lebenserfahrung, dass politisch-ideologisches Parteidenken im Paradoxen endet, weil es kein logisch-positives Handeln hervorbringt und damit eine Moral bewirkt, die ausschließlich zwischen Zustimmen und Ablehnen zu unterscheiden vermag.

Dieter Füting

Impressum

Titel: Gedanken über Könis Wusterhausen - Essays zur kommunalen Politik
Eine Standortbestimmung

Autor: Dieter Füting
Gestaltung RNG
© GT-Books "http:// www.gt.worldwide.com"
Herausgegeben von Norbert Gisder
1. Auflage März 2018
Hamburg - Straupitz - Königs Wusterhausen

Herstellung und Verlag: BoD - Books on Demand, Norderstedt
ISBN 978-3-7460-9152-5

Vorwort: Über die schwierige Suche nach einer lebenswerteren Stadt Königs Wusterhausen

Zunächst möchte ich klarstellen, dass ich nicht im wortwörtlichem Sinne suche, in dem Sinne, dass ich durch die Straßen und über die Plätze ziehe und das Gelände ablaufe. Es ist eine gedankliche, eine geistige Suche; es ist das Entwerfen einer Vision, eines Wunschbildes, eines Ideals. Und es ist die Beschreibung des mich inspirierenden Zeitgeistes, und die Suche nach deren Quelle.

Was ist der eigentliche, der tiefe Grund meiner Suche? Ist es die latente Unzufriedenheit mit der stattfindenden Realität und die Sorge um die Zukunft – auch meiner Heimatstadt?

Ich kann es nicht genau sagen. Erst muss ich in der Erinnerung suchen, dann will ich verstehen und bewerten.

Was ist meine tiefste Erinnerung an meine frühe Kindheit?

Noch heute fühle ich, dass das eine große Freiheit war, die durch phantasievolle Spiele und Gedanken unsortiert aufgefüllt werden konnte. Die Erwachsenen mussten sich um das Notwendige kümmern, um das Essen, die Brennstoffe für den Winter, um die Reparaturen dessen, was der Krieg übrig gelassen hatte – um die Wiederherstellung der Normalität des Lebens. Ich hatte andere Gedanken, es waren Gedanken einer Welt voll Abenteuer und gewagter Spiele. Aber – nach und nach – auch das Erfinden neuer Gedankenordnungen und das Entwickeln eigener Vorstellungen meines Lebens. Und ich hatte Zeit für alles, für alle Erkundungen, für alle Experimente jeder Art.

Eine andere prägende Erinnerung war die Entdeckung der Natur in meinem Umfeld. Das waren die Wälder ohne Müll und Dreck, das waren die Seen und Teiche mit klarem Wasser und voller Pflanzen und Tiere – und viel, viel Ruhe. Räume für die Fantasie und Freiheitsräume ohne Gefahren.

Hier konnte man den ganzen Tag im Sommer für sich oder mit ausgewählten Freunden sein. Klettern auf Bäume, baden im See, Fahrradfahren überall hin. Sich einfach hinsetzen und über Filme nachdenken und vorspüren, wie eine Freundin sein sollte. Im Winter sind wir hier Ski gelaufen und Schlittschuh auf dem zugefrorenen See. Nie haben wir gewusst, wie spät es ist. Die Zeit war nicht zu spüren. Keiner brauchte Sorgen, keiner hatte sie.

Dann erinnere ich mich an meine Bücher und an die Zeit mit ihnen. Mit einmal war ich durch sie im richtigen Leben angekommen. Sie halfen mir, etwas von mir und von der Welt zu verstehen. Durch sie wollte ich in die Welt hinaus, sie verstehen, um sie aus den Angeln zu heben. Bücher wurden Freunde, Bücher waren Freunde, die man nie mehr verlieren wollte. Bücher sollten ein Teil von mir werden – und wurden es. Bis heute. Freund, Ratgeber, Rückzugsort. Damit war ich im Leben. Gut vorbereitet, dachte ich.

Motiviert, mutig und entschlossen. Ich ging meinen Weg mit Erfolg, obwohl das Glück nicht immer an meiner Seite war. Aber ich blieb mir treu, wenn ich mich auch ab und zu tarnen musste.

Schließlich traf ich auf Menschen, die große Ziele hatten, auch politische Ziele. Diese Menschen waren die größte Enttäuschung im Leben. Sie sprachen von neuen Zeiten und waren doch nur Zerstörer. Zwar kreativ im Zerstören, aber negativ nachhaltig in der Wirkung auf mich. Scharlatane waren sie, Trickser, Täuscher - und bei allem nur jämmerlich. Doch, so paradox es klingt, durch sie war ich jetzt im richtigen Leben. Und das Leben verlangte, dass ich mich entscheide. Das war eine wichtige Lektion, eine sehr wichtige. Diese Lektion brachte mich zu der klaren Frage, wer ich sein will und warum, wie ich sein will und warum, wie ich leben möchte und warum. Und ich habe sie klar beantwortet.

Was ich schon lange spürte und heute noch intensiver spüre ist der Wunsch, dass mein Heimatort und seine Umgebung, an die ich so viele nachhaltige und prägende Erinnerungen habe, dass dieser Ort und sein Umfeld nicht nur ein Erinnerungsbild nur für mich ist; dass auch andere Kinder ähnliche Erfahrungen wie ich machen sollten. Diese Erfahrungen können nicht mehr genau so sein, wie es meine waren. Das weiß ich. Die Zustände der heutigen Zeit kann schließlich niemand in der selben Art und Weise betrachten, wie es meine waren, wie sie entstanden waren und wie ich sie erlebt habe.

Und wie ist unsere heutige Zeit? Was ist das heute für mich für eine Welt, in der ich lebe? Es ist leider eine sehr belastete, eine verunstaltete, eine vergiftete Welt.

Der Wald wurde abgeholzt, abgetragen, für riesige Parkplätze, für riesige Lkw. Die Felder wurden geschleift für weitere Gewerbe - und Wohnbereiche. Im Fluss möchte ich nicht mehr baden. In den übrig gebliebenen Wäldchen höre ich nicht mehr die wenigen Vögel durch den krankmachenden Lärm der Flugzeuge, durch den Lärm von Autobahn und Straße. Meine Wiesen sehe ich geschändet, durchzogen von gewaltigen Rohrleitungen, Versorgungsstraßen und planierten Flächen.

Gegensätzlich erfahre ich von jungen Menschen, wie ihre Träume sind. Es sind Träume und Wünsche mit Hochgeschwindigkeits-Ansprüchen an deren Erfüllung. Alles sollte so schnell ablaufen, wie ihre Smartphone-Mitteilungen, kurz und knapp, direkt und offen – mit einem Mindestmaß an Fantasie und einem Höchstmaß an Erfüllungs-Garantien.

Andrerseits erleben sie auch die Beispiele von Zurückbleiben, von Armut und von der Angst vor Krankheit, Ausgrenzung und Abstieg. Es entstehen Gegensätze, die nach Lage der Dinge nicht miteinander versöhnt werden können. Diese kritischen Umstände werden auch für junge Menschen erlebbar, wie plötzliche Arbeitslosigkeit, das Aufbrechen von gefährlichen Konflikten, von Kriegen, von Mord und Tod, Flucht und Vertreibung, die Zerstörung von Lebensgrundlagen von Millionen von Menschen ohne Gnade, durch brutale Ausbeutung der Ressourcen jeder Art – alles nur dem Götzenbild von Extra- und Mehrprofit unter allen Umständen geopfert. So ist die Welt. Und so ist die Politik, die diese Welt schafft und feiert.

Was überlegen sich die Menschen, die nicht von den Umständen zermahlen werden wollen? Sie finden sich ab oder sie dienen sich an: der Politik, dem Heilsversprecher oder anderen dunklen Mächten. Nicht ohne Grund wird die Gesellschaft immer mehr kriminalisiert, breiten sich mafiöse Strukturen aus. Und jeder erkennt, wie die Politiker versagen, wie sie wie im Nebel herumirren und keine Lösungen haben. Willkommen im Abendland des Dogmas und der Inquisition. Das ist der Zeitgeist, das sind die Umstände, die Zeitgeist erklären.

Aber wo ist der Ausweg?

Es gibt kein richtiges Leben im falschen. Es gibt keine guten Politiker in einer schlechten Politik. In einer Welt, in der Betrug und Verrat vorherrschen, ist nichts mehr schlecht und nichts mehr wichtig. Es geht nur noch ums Überleben.

Wo sind die Grenzen? Wo sind die Grenzen zwischen Fortschritt und Dekadenz? Wo ist die Grenze zwischen Gesundheit und Krankheit? Wer findet zu einem neuen Verständnis von Kultur und Sitte?

Wir brauchen eine Revolution um einen wirklich neuen Weg zu finden. Aber bis dahin sollten wir das versuchen zu verbessern, worauf wir Einfluss haben. Das ist nun mal unser Lebensumfeld, das ist die Stadt in der wir leben, das sind die Menschen, mit denen wir leben. Und genau das ist der Grund, aus dem heraus ich meine Sicht auf diese schöne, meine Heimatstadt, in Essays zusammenfasse, die ich in ein Buch binden lasse. Ich weiß, das aktuelle Medium ist das Internet. Aber ich will darüber hinaus, dass es die Möglichkeit zu einem Genuss gibt, der niemals unmodern werden wird: Ein Buch in der Hand zu halten und darin zu lesen. Dabei wünsche ich allen Menschen, die mir die Ehre geben, meine Sicht zu studieren, den Spaß, den sie verdienen.

Mit allen guten Wünschen,

Ihr Dieter Füting

Inhalt

Vorangestellt:

„Unsere Politik hat nicht begriffen, dass die Welt sich weiterdreht. Wir sind ein faules, träges, rückständiges Land, besonders in unserer politischen Kaste. Unsere Politiker handeln grob fahrlässig, indem sie nicht an die Zukunft denken, indem sie nicht überlegen, wie sie das Land lebenswerter machen können und indem sie nicht versuchen, wettbewerbsfähig zu bleiben.

Sie handeln aus purem Egoismus und beschäftigen sich den ganzen Tag damit, wie sie ihre Posten sichern, ihre Zielgruppe befriedigen und das Geld ausgeben können, was sie nicht selbst verdient haben."

Aus dem Interview von Franziska Fleischer mit Fabian Westerheide (9. 3. 2018), Gastgeber der jährlichen Konferenz „Rise of AI" : Was ist künstliche Intelligenz?

1. Kapitel: Essay über das Schweigen der "Freien Wähler" in Königs Wusterhausen

Dieter Füting kommentiert in einer kritischen Analyse das pathologische Nicht-Kommunizieren-Wollen des FW KW-Vorstands

14.02.2018

Der Vorstand der FW KW hat die "Tugend", schweigen zu können, augenscheinlich zum wichtigsten politischen Mittel des Auseinandersetzens erkoren. Wie das? Nun, nicht einmal der Ansatz eines Versuches, auf meine Kritik der kritischen Resonanz der "Freien" Wähler zu reagieren hat der Vorstand bis zum heutigen Tag unternommen. Schweigen, das ist üblicherweise sehr schwer, aber es ist nun mal die "wichtigste passive Lüge, auf eine starke Empfindung nicht sofort…zu reagieren" (sagt Fritz Mauthner in seinem Standardwerk: Beiträge zu einer Kritik der Sprache. Ullstein Materialien). Diese wichtigste passive Lüge hat jedoch den entscheidenden Nachteil, dass der gerade kürzlich erst skizzierte Mythos FW KW – mit Anspruch auf Verbindlichkeit und Relevanz vorgetragen – in der Luft verpufft. Das offensichtliche Nicht-Kommunizieren-Wollen des FW KW-Vorstands wirkt damit pathologisch - und leider unbehandelbar.

FW KW bleibt nur ein blasses Abstraktum, dem kaum etwas Wichtiges zu entsprechen scheint. Eine Luftnummer. Aber in der Luft gibt es keinen Halt. So kriechen sie schweigend auf der Erde und träumen davon, fliegen zu können. Aber Kriechen, Träumen und Schweigen ist keine Form zur Erhaltung der Energie.

Die Freien Wähler Königs Wusterhausen schaffen so ungewollt die Gewissheit, dass sie nichts erklären wollen bzw. erklären können. Derjenige, der nichts erklärt, dem kann man auch nicht Glauben schenken.

Wer nichts erklären will, schafft auch keine Verbindlichkeit als zwingende Voraussetzung für einen fairen und korrekten Umgang sowie für Relevanz. Denn wo nicht gesprochen wird, ist nichts wichtig und bedeutsam, gibt es kein Stimmungszeichen und kein Wertzeichen. Fahrlässig und unprofessionell ist das alles. Orientiert man sich an der SPD? Sie hat es ja vorgemacht. Schade, dass FW KW durch das Schweigen des Vorstands zu einem salzlosen Gemisch wird.

Wie es dazu kam?

Von „freien" und von „unfreien" Wählern: Die unabhängige Wählergemeinschaft FW KW muss sich in der Diskussion, nicht in der Ausgrenzung profilieren

Dieter Füting kommentiert Tadel und Tadellosigkeit von Gesprächsführungen
06.02.2018

Es hat den Anschein, dass die "FW KW" den Start in die Stadtpolitik im Januar 2018 nicht gut hinbekommen haben. Ob sie das auch so sehen und ändern wollen, wird die Zeit zeigen. Genau dabei will ich, sofern es gewünscht wird, gern mitarbeiten. Doch der Reihe nach.

Die "Freien Wähler" haben sich erst kürzlich als politische Kraft in Form einer "Partei" gegründet, auch wenn sie sich so nicht nennen. Diese Gründung erschien mir ein Stück weit vernünftig im Ansatz, weil die alte Stadtpolitik auch von mir als erstarrt, egoistisch und bürgerfern wahrgenommen wurde. So wie es war, konnte es nicht weitergehen.

Auch ich verstand: Bei der vorhandenen Allianz der Altparteien wurde der verblüffende Widerspruch zwischen deren Begründungen ihrer Politik und ihrer gleichzeitigen Identifizierung mit Bürgerferne auf verstörende Weise deutlich. Es schien, als unterlägen sie einer Zwangsmoral, einem diffusen, unrealistischen Optimismus, der sie hinderte, aus dieser verfahrenen Situation herauszukommen. Den Altparteien fehlte – und fehlt es noch – deutlich an emotionaler Intelligenz. Diesen Widerspruch sahen all jene, die sehen konnten. Gespürt haben aber alle einen penetranten Formalismus, wenn es um menschliche Probleme ging. Gespürt wurde, dass die Altparteien nur die Funktion bedienten, Angst zu binden.

Kurz: Die Bürger in Königs Wusterhausen sahen deutlich die Kluft zwischen einem organisierten politischen Apparat der Altparteien und ihren mehr oder weniger wirkungslosen Anstrengungen für eine moderne Stadtpolitik.

Ist das alles eine hinreichende Bedingung einer Wählergemeinschaft, die zur wichtigen politischen Kraft werden will? Am Gelingen der Ambitionen der FW KW habe ich meine Zweifel. Das war nicht vom ersten Tage an so, darum will ich das hier erläutern.

Zunächst einmal: Die ungeschliffene, bösartige Sprache von aktiven Unterstützern der FW KW scheint mir sehr einem klassischen Vulgärdenken zu entspringen. So wurde ich zum Beispiel allein deshalb maßlos angegriffen, weil ich mich expressis verbis für den neuen Bürgermeister eingesetzt habe, die entsprechenden Kommentare und Analysen vor der Veröffentlichung aber nicht "autorisieren" lassen wollte. Als Autor und als selbst denkender Mensch liegt mir eine solche "Parteiraison" einfach nicht. Und ich finde, die

FW KW müssen es ertragen können, dass ihre Mitglieder Singularmeinungen öffentlich kundtun, ohne darob den Autor dieser Meinungen sogleich zu diffamieren.

Doch diese Leute, die bei den FW KW darüber entscheiden, scheinen sich diesbetreffs von den Altparteien nicht zu unterscheiden. Sie scheinen nicht zu verstehen (ebensowenig zu verstehen, wie die Altparteien), dass die einzig vernünftige Art der Austragung von Differenzen darin besteht, die divergierenden Anschauungen klarzulegen, zu begründen und sich im übrigen persönlicher Angriffe gegen Andersdenkende zu enthalten. Wenn Freie Wähler freie und unabhängige Wähler sein wollen, so müssen sie ihren Mitgliedern die freie Rede nicht nur erlauben, sondern sie dazu sogar ausgesprochen ermuntern.

Sprecher und Aktivisten der FW KW, ob Neubürger aus Berlin und anderswo oder nicht, verprellen hingegen mit dem Diktum, allein zu wissen, was richtig und falsch zu sein hat, ganz entschieden alle, die in dieser Stadt seit Jahrzehnten aktiv unter der Unterdrückung der Altparteien gelitten haben. Das kann sich kein selbstständig denkender Mensch gefallen lassen, ohne erneut zum Büttel einer Schimäre zu werden, diesmal jener der "freien" Wähler – deren Mitglieder jedoch jeden Kommentar absegnen lassen müssten, wollten sie denn "freie" Wähler bleiben.

Und so stellen sich mir die Fragen: Wozu eine neue politische Kraft FW KW, wenn vielleicht nur wieder Spezialinteressen durchgesetzt werden sollen? Wozu eine neue politische Partei, wenn sie wieder nur ihre Klientel bedienen wird?

Von den Bedürfnissen der Bürger zu reden, die sie besser durchsetzen wollen, funktioniert zwar überall, ist jedoch keine neue Stadtpolitik. Das ist nur ein Versprechen, mehr nicht.

Die Entwicklung einer neuen politischen Kraft kann sich nur aus ihren inneren Widersprüchen vollziehen. Das ist ein langer Weg. Doch auch diese Mitglieder, so sieht es schon nach sehr kurzer Zeit aus, stellen nicht so sehr die Werte der Stadtgesellschaft in den Mittelpunkt. Ich lasse mich gern belehren, wenn ich mich irre, aber dann – so denke ich – ist doch eine intensive Auseinandersetzung notwendig. Denn sonst bleiben die unwillkürlichen Zweifel und die Frage: Sind es doch nur Einzelinteressen, die zur Gründung der postuliert "Freien", tatsächlich aber eben "unfreien" Wähler geführt haben?

Wäre das so, dann würde dieser neue Interessenkampf zweifellos bald auf Unverständnis, Ablehnung und starken Widerstand stoßen - und das gewiss auch in den eigenen Reihen der "freien" Wähler.

Bei aller Kritik: Zu Beginn der Gründung der FW KW war Dieter Füting durchaus auf der Seite der Freien Wähler – denen er es zutraute, den Staub von den Talaren der SPDCDUDieLinke-Granden zu pusten.

Immer wieder kommt es zu lebensgefährlichen Situationen im Straßenverkehr, weil täglich viele Dutzend Gefahrguttransporter zum Gelände der Tabeg in Kablow unterwegs sind und dazu von der Autobahn durch das Zentrum von Zernsdorf fahren. Die BI KW e.V. - eine wirklich engagierte Bürgerinitiative, die die Interessen der Menschen wahrt - hat dazu Lösungen erarbeitet und angeregt. Alt-Bürgermeister Franzke hat jedoch, wie auch zu anderen Fragen, jedes Gespräch abgelehnt: Sowohl mit der BI als auch mit GT, dem Online-Magazin, in dem die Fakten ausführlich zu finden sind - www.gt-worldwide.com

Mehrmals haben sich Fernsehen und andere Medien dieses Themas angenommen. In Interviews mit der Bürgerinitiative wurden die Probleme detailliert aufgezeigt und Möglichkeiten von neuen Wegen zum Tanklager vorgestellt. Eine große Koalition unter SPD-Chef Franzke hat bisher jeglichem Lösungsansatz widersprochen. Dem neuen Bürgermeister, Swen Ennullat, wird es dadurch nicht leichter gemacht, nun die mehrmals abgelehnten Wege zu gehen.

Die unabhängige freie Wählergemeinschaft FW KW und ihre Kritiker

Dieter Füting analysiert die Antagonismen der Zeit zwischen den Wahlen
01.02.2018

Der Wahlkampf in Königs Wusterhausen um die Sitze im Stadtparlament 2019 hat schon begonnen. Kurz nach der Schockstarre der verlorenen Bürgermeister-Wahl, insbesondere nach dem Abwahlantrag des stellvertretenden Bürgermeisters, jenes gewissen Herrn Perlick (CDU), der sich festbeißt, wo es für ihn nichts mehr zu fressen geben wird, formieren sich ihre „Kampftruppen" zur bevorstehenden Auseinandersetzung. Bisher waren ihre Angriffsaktionen eher unsicher und lächerlich, doch das wird sich noch steigern. Jetzt haben die alten Kommunarden ihren direkten Gegner, die gegründete unabhängige freie Wählergemeinschaft FW KW ins Fadenkreuz ihrer tatsächlich sinnhaft-tiefen Sinnlosigkeit genommen. Wer sich für diese Wählergemeinschaft - oder auch nur nicht gegen sie - engagiert, wird wahrgenommen und für direkte Angriffe zum „Feindbild" eines politischen Gegners prädestiniert.

Ob er es ist oder nicht ... diesen Egomanen egal. Die Fassadendemokratie gibt den Halt. Andersdenkende an irgendeinen Rand schieben ist erlaubt. Dass so schon ganze Demokratienetze zerrissen sind: egal. Hauptsache die eigenen Pfründe bleiben gesichert.

Die Kritik der Verlierer der Bürgermeisterwahl wird zur Zeit noch recht maßvoll ausgeübt. Ihre Exponenten sortieren noch die Zustimmung, die sie in den eigenen Reihen brauchen, der sie aber noch nicht sicher sein können. Also heben sie hervor, dass es berechtig sei, sich kritisch gegenüber den FW KW zu zeigen, weil man ja bis jetzt gar nicht richtig weiß, was *die da* eigentlich wollen. Ehrlichkeit, sagen sie, wollten wir auch. Demokratie, sagen sie, wollten wir auch. Einen respektablen Umgang, ein konstruktives Miteinander für unsere Stadt, wollten sie eh.

Frage, sagen sie: Was wollt ihr FW KW denn eigentlich?

Einen pfleglichen Umgang mit den Grundwerten? Das wollten wir auch. Herumhacken auf alten Fehlern, sagen sie, sei keine moderne Stadtpolitik. Ihr Eingeständnis wird als trojanischer Gaul in Szene gesetzt: Ja, wir haben es uns etwas zu bequem gemacht. Aber wir haben gelernt, sagen sie. Und versprechen: wir werden jetzt liefern. Dass dieser trojanische Gaul noch nie laufen konnte, erkennt man an der Hilfsforderung: Unterstützt lieber uns, dann wird es schon gelingen. Seht her, wir wollen mit allen gemeinsam Brücken bauen und freundlich - friedlich zusammenleben. Die Heuchelei wirkt erbärmlich auf alle, die die Hintergründe, den Egoismus und die Sicherung der eigenen Pfründe als eigentlichen Movens solcher Sprachquälereien verorten und entsprechend klarstellen.

Deshalb freue ich mich darauf, mich mit diesen schimären Figuren weiterhin auseinander zu setzen. Wir werden sehen, was sie sich noch alles Schöne ausdenken, um die Wähler einzulullen, um den Status quo beizubelassen und ihren Platz an den Futtertrögen der öffentlichen Finanzen zu sichern.

Denn zumindest ein sehr großes Problem haben die Wahlverlierer. Und sie werden es trotz ihrer weichgespülten Sprache nicht lösen können. Sie haben viele, viele Jahre lang bewiesen, ja nachgewiesen, dass sie es schlicht nicht können. Sie haben bewiesen, dass sie nicht bereit sind, klare politische Konsequenzen aus ihrem politischen Verhalten und aus ihren falschen Entscheidungen zu ziehen. Zudeckeln der Fehler, abstreiten der Versäumnisse, verschleiern der Tatsachen, behindern von begründeten Forderungen – das war seit Jahrzehnten der Altparteienherrschaft kontraproduktiv in Königs Wusterhausen. Dadurch haben diese Veteranen einer Old School, die die nahenden Einschläge nicht gehört haben, Vertrauen verloren bei den Bürgern unserer Stadt.

Vertrauen verloren aber heißt: alles verloren. Vertrauen ist kein nachwachsender Rohstoff.

Ich sage es hier also noch einmal, und ich werde es als alter Niederlehmer, 1941 geboren hier, immer wieder sagen: Swen Ennullat ist als Bürgermeister für unsere Stadt ein besonderer Glücksfall. Ein Bürgermeister, der sich so streng wie dieser erste Gleiche unter den Gleichen der Freien Wähler streng an die Regeln hält, der unparteiisch ist, der nicht eigennützig denkt, der keine Verschwörungstheorien schmiedet, der über alle Maßen aktiv ist und helfen will, braucht Helfer an seiner Seite, viele gute Helfer. Es ist so wichtig für die Zukunft der Stadt, dass dieser Bürgermeister erfolgreich ist, dass er seine gemeinnützigen Ideen und Vorhaben umsetzen kann.

Ja, es ist so wichtig für unsere Stadt, weil wir mit ihm endlich auch einmal einen Bürgermeister haben, dem wir vertrauen können.

Offensichtlich vor allem das Lob für den Bürgermeister, einen parteilosen Spitzenkandidaten freier Wähler, die sich vor der Wahl formlos zusammengeschlossen hatten, nahmen die nun organisierten Alternativen zu den Arrivierten dem Niederlehmer Philosophen Dieter Füting übel.

Das hatten verschiedene Anrufe beim Autor, aber auch in der Redaktion des Online-Magazins GT resp. bei dessen Herausgeber Norbert Gisder, außerdem Diskussionsbeiträge in Internet-Foren gezeigt.

Und das hatte sich auch schon abgezeichnet, als Dieter Füting eine grundsätzliche Sicht auf die Zeit in ein kurzes Feuilleton gekleidet hatte. Hier der Beitrag in GT:

17

2. Kapitel: So sehe ich meine Zeit

Gedanken - aus dem Kosmos von Dieter Füting
27.01.2018

Politisches Denken und politische Sprache sind in unserem politischen Raum, in dem wir leben, so sehe ich es, unterentwickelt. Parteienpolitik und Parteienpolitiker und ihre verwendete Sprache sind ein verantwortlicher Grund hierfür. Eine Auseinandersetzung ist unerlässlich. Aber politisches Denken, die Kultur des politischen Denkens, interessiert mich besonders in unserer Zeit der Orientierungslosigkeit und Unsicherheit. Denn politisches Denken, das die Schwächen und Fehler der Politikersprache aufdeckt, kann Kräfte hervorbringen, die die Blockadehaltungen und das Understatement der Parteien (auch in unserer Stadt Königs Wusterhausen) überwinden helfen. Das ist eine wichtige strategische Orientierung des zeitgemäßen Denkens. Blockadehaltung und Understatement sind keine Politik. Das ist wie ein Blick in die Camera obscura.

Meine hauptsächliche Kritik an der Sprache der Politiker ist im Grunde die, dass sie die Sprache ent-differenzieren. Die Sprache der Politiker ist eine Sprache von Ideologiemaschinen, von Symbolmaschinen; es ist nur eine Sprache der Repräsentation. Das greife ich an. Und nicht so sehr die eine oder andere Formulierung. Selbstverständlich hat alles nur den Wert, den man ihm verleiht. Unsere Sprache hat aber einen hohen Wert. Dass gerade sie von der Parteienpolitik geschändet werden darf, sollten wir nicht hinnehmen. „Dauernd darf dieser Zustand nicht sein" , wie es schon an jener berühmten Stelle von Beethovens c – Moll – Symphonie heißt.

Wollen Sie Ihre Kinder über solche Straßen ohne Fahrradwege mit dem Fahrrad zur Schule schicken? Wobei erschwerend hinzu kommt, dass Tempo 30 genau auf dieser Straße von der verantwortlichen Behörde mehrmals abgelehnt worden ist.

Sozialaufgaben einer Stadtpolitik

Von Dieter Füting

28.02.2018

Die politischen Kräfte, die sich aktiv in die Stadtpolitik einbringen, versuchen uns Bürger davon zu überzeugen, dass sie in jedem Fall immer das Wohl und Wehe der Stadt und ihrer Bürger im Auge haben. Sie betonen gern, dass sie sich besonders dem Bürger, der sie doch wählen soll, verpflichtet fühlen. Das wäre ihr politischer (Selbst-) Auftrag, dafür engagierten sie sich, dem fühlten sie sich jederzeit verpflichtet.

Stadtpolitik – eine Herzensangelegenheit sozusagen.

Nun könnte man ja meinen, dass die Kommunalpolitik, so gesehen, insgesamt eine Art Einheitsparteidenken voraussetzt und verkörpert: Ein Ziel, eine Aufgabe, ein Lösungsprozess, ein akzeptiertes Ergebnis – Fall für Fall, Problem für Problem. Überall zufriedene Bürger ...

Wo ist der Denkfehler?

Schlag nach bei Shakespeare: „Der Mensch ist manchmal seines Schicksals Meister. Nicht durch die Schuld der Sterne, lieber Brutus. Durch eigene Schuld sind wir nur Schwächlinge."

Durch eigene Schuld sind wir, die sich etwas vormachen lassen von Kommunalpolitikern, zu Schwächlingen geworden? Selbst schuld also? Gut verführbar, gut manipulierbar?

Wie steht es um uns? Wer sind wir? Alles was uns nicht unmittelbar Nutzen bringt, verletzt uns, empfinden wir als ungerecht. Doch scheint es, dass jeder von uns Ungerechtigkeit leicht ertragen kann. Die Gerechtigkeit ist es, die schmerzt. Ungerechtigkeit und Gerechtigkeit – beide werden unerträglich, wenn sie sich anhäufen, wenn sie nicht mehr beherrschbar sind.

Festzustellen ist, dass Politik in allen Facetten kein Ding für Menschen von Charakter und Erziehung zu sein scheint. Also gibt es keine unabänderliche Sichtweise oder Methode von „Kunst" der Politik. Das, was wirkt, ist das Gesetz. Wenn das Gesetz der Zeit angepasst ist, ist die Politik verständlich und überprüfbar.

Festzustellen ist, dass die Kommunalpolitik dem Leben der Menschen angepasst sein muss, wenn sie erfolgreich sein will. Doch weil die Menschen Leidenschaften haben, kann keine Kommunalpolitik es allen recht machen. Die Rivalität unter Kontrolle zu bringen, ist das Wesen jeder demokratischen Politik, jeder demokratischen Kommunalpolitik. Wenn Kommunalpolitik jedoch mit betrügerischen Mitteln versucht, die Dinge zu regeln, dann kehrt sich alles um, dann wird Widerstand und Unordnung erzeugt.

Bleibt festzuhalten, dass die ganze „Kunst" in der Kommunalpolitik nur darin besteht, dass jeder einzelne Kommunalpolitiker ehrlich gegenüber sich selbst und ehrlich gegenüber den Bürgern ist. Das schützt jeden Kommunalpolitiker vor Maßlosigkeit in allen politischen Dingen. Das schützt ihn auch davor, blinden Glauben vom Bürger in ihre Redlichkeit einzufordern. Wenn das Kommunalpolitiker fordern, indem sie sich hinter ihren Parteien und deren Programmen verstecken, ist alles für sie verloren. Dann ist ihnen auch zuzutrauen, dass sie sich hinter den Kulissen absprechen, dass Falschheit und Verrat gerechtfertigt sind, solange sie unentdeckt bleiben – dann machen sie sich gegenüber den Bürgern schuldig. Und es wundert niemanden mehr, wenn er erfährt, wie sie nach Vorteilen und Vergünstigungen in allen Lebensbereichen gieren.

Festzuhalten ist, dass Programme und alle groß angelegten Zukunftserklärungen von politischen Gruppierungen immer nur Ausreden an die Bürger sind. Deshalb wird sich jeder, der klug ist, nicht an politischen Prozessen beteiligen und nicht ein politisches Amt oder Funktion anstreben. Denn Kommunalpolitiker sind oft nur beherrscht vom Interesse, kein Gefühl beherrscht sie. Das ist auch der tiefe Grund, weshalb sie Mittel und Zwecke gewöhnlich verwechseln. Und deshalb muss Politik auch nur Gezänk sein und verdirbt den Charakter.

Mauscheleien mit **Filetgrundstücken** zwischen der Kreisstraße in Zernsdorf und dem Krüpelsee (Fotos oben sowie auf den beiden Folgeseiten) - Anfragen wurden nie befriedigend beantwortet, wie GT zu berichten weiß. Von sozialverträglicher Politik kann dort keine Rede sein, werfen die Redakteure den Stadtplanern vor.

Was ist zu tun, damit die Kandidaten der FW sich in der Wahl zum Stadtparlament 2019 durchsetzen?

Dieter Füting - Elder Statesman im Backoffice der demokratischen Erneuerung von KW

20.01.2018

Frage: Warum sollten wir uns den Freien Wählern (FW) anschließen? – Antwort: Weil wir besser sind. Und wir werden auch die besseren Kandidaten haben.

Frage: Warum sind wir besser? – Antwort: Weil wir von Partei – und Eigeninteressen frei und unbelastet sind. Wir sind nicht in Parteihierarchien verbrannt und verpflichtet und können unvoreingenommen denken und entscheiden.

Frage: Worin besteht die Unvoreingenommenheit des Denkens und Entscheidens? Antwort: In der Orientierung auf die Zukunft der Stadt und im Wissen, dass eine Bewusstseins – und Kulturwende dazu in KW erreicht und Arbeitsgrundlage werden sollte.

Was ist also zu tun?

• Swen Ennullat muss sein überaus großes Engagement in der Stadt mit großer Disziplin immer weiter führen. Denn überall, wo Swen Ennullat erfolgreich ist, sind die FW erfolgreich. Swen ist die Galionsfigur der FW im Wahlkampf.

• Wir, die FW und die Unterstützer der FW, sollten uns alle überall einbringen, auf jeder Veranstaltung präsent sein und Flagge zeigen. Und keine Angst vor Emotionen haben. Ohne starke Emotionen läuft nichts. Rationalität ist wichtig, aber ohne Emotionen erreichen wir nicht die Herzen, kommen keine neuen durchgreifenden Entscheidungen zustande.

• Die FW sollten versuchen, bei allen praktischen Fragen und Problemen die Deutungselite zu werden. Das gelingt uns, wenn wir für eine Bewusstseins – und Kulturwende in der Stadt werben. Das Neue (wir die FW) kann sich schlecht durchsetzen gegen das Alte, wenn die alten Strukturen gestützt werden und die alten Wortschablonen Oberhand gewinnen. Es geht also darum, die alten verbrauchten Strukturen und lähmenden Wortschablonen der Parteien aufzuspüren, offen zu legen und mit unseren neuen Zielen und Projekten neu zu ordnen. Das geschieht dann in unserer Sprache. Unsere Sprache ist eine solidarischen Sprache. Eine Sprache, die nicht die andere Meinung ignoriert oder verleumdet, sondern sie achtet und beachtet.

• Wer nicht weiß oder wissen möchte, wie unsere Stadt in der Zukunft aussehen soll, wird auch keine tragbare Idee haben und kein neues Rezept finden, unsere Zukunft modern und demokratisch zu gestalten. Die Parteien haben sich bisher nicht ernsthaft mit tiefen Gedanken eines grundwirksamen Kulturkonzeptes befasst. Somit waren alle zu treffenden Entscheidungen mehr oder weniger vom Zufall und persönlichen Initiativen geprägt. Wie kritisch sich solche Zufallsentscheidungen gestalten können, zeigt das aktuelle Beispiel der Umwidmung unserer geschichtsträchtigen Stadtmühle aus dem 13. Jahrhundert in ein Architekturbüro.

• Der Gedanke des Kulturkonzeptes für unsere Stadt wäre für die FW eine völlig neue Möglichkeit, sich im öffentlichen Bewußtsein der Bürger zu verankern und einen Beitrag zum Verstehen und Identifizieren mit den Ideen und Vorhaben der FW entwickeln zu helfen.

In dem Maße, wie das Schritt für Schritt gelingt, gelingt es auch, die Bürger für die Ideen der FW zu mobilisieren.

Also: Identifizieren mit den Sorgen, Probleme erkennen und verstehen, Aufgaben entwickeln, Bürger einbeziehen und mobilisieren, Vertrauen gewinnen, Rückkopplungen aufbauen.

• Eine Kulturkonzeption einer Stadt wird von den vorliegenden Besonderheiten und der Zukunftsvision dieser Stadt bestimmt.

Vorliegende Besonderheiten in Königs Wusterhausen sind:

a) das flächenmäßig große Stadtgebiet mit mehreren eigenständigen, gleichberechtigt zusammen zufügenden Ortsteilen von ca. 40.000 Einwohnern im Winter plus 10.000 Besuchern im Sommer,

b) der Standort für Technikgeschichte als Rundfunk-, Brücken -, Schleusen – , Wassertürme - und Mühlenstadt, die einen wichtigen Beitrag zum Verstehen von Kultur bilden,

• die Wald -, Park -, Seen -, Teich – und Flusslandschaft als Rückzugs -, Sport – und Erholungsstandort, mit dem besonders nachweislich - nachhaltig umgegangen werden muss,

• der Schul -, Ausbildungs – und Sportstandort,

• der Standort vieler zentraler Einrichtungen, wie z. B. Krankenhaus, Senioreneinrichtungen, Polizei, Feuerwehr, Wasser - Abwasseraufbereitung, Kirchen, Schulen, Kindergärten, Gewerbegebiete, Gericht, Finanzamt, Hafen, Bahnhof für Rad, Bus und Bahn, Parkplätze, Stellplätze, Straßen- und Gehwege usw.

Das alles ist in einer neuen übersichtlichen und abgestimmten Stadtentwicklungskonzeption als Vorschlag darzulegen und als Argumentationsgrundlage zumindest skizzenhaft aufzubereiten. Denn hier sind die aktuellen Probleme, die auch aktuell gelöst werden müssen. Hier kommen die Beschwerden, Anfragen, Forderungen, Hinweise und Kritiken. Hier sollten die FW vorbereitet sein.

Dazu kommen die Visionen: Wo darf gebaut werden? Wer darf bauen? Welche Rolle spielt der Naturschutz? Wie ist die Energieversorgung in der Zukunft gesichert? Wie wird uns der Klimawandel definieren? Welche Kooperationen mit Nachbargemeinden könnten für unsere Stadt von Nutzen sein? Welches Gewerbe sollte sich hier ansiedeln? Welche Gebiete sind zu rekultivieren? Wie soll Sauberkeit, Sicherheit und Ordnung zukünftig überzeugender gewährleistet werden? Wie kann unser Stadtschloss besser in die Stadtentwicklung einbezogen werden? Soll unsere Stadt auch das Selbstverständnis einer Kulturstadt entwickeln? Usw., usw.

Wenn wir FW die Deutungselite in der Stadt werden wollen, sind das Gedanken, die uns zu beschäftigen haben. Mit Swen Ennullat schaffen wir das! Also an die Arbeit.

Offener Brief an die SPD in Königs Wusterhausen

Von Dieter Füting
10.01.2018

Sehr geehrter Herr Ludwig Scheetz,

ich möchte Ihnen schreiben mit der Bitte, einen offenen und ehrlichen Dialog über das zwingend notwendig zu verbessernde politische Klima in der Stadt in dieser vorgeschlagenen Form zu führen. Meine Zuversicht, dass mein Dialogangebot auf fruchtbaren Boden fällt, entnehme ich dem Grundsatz, dass die SPD Königs Wusterhausen selbst ein Informationsangebot an sich sei. Lassen Sie uns reden.

Weiterhin zitiere ich, dass die SPD unser Königs Wusterhausen zu einer Stadt machen will, wo Entscheidungen nicht hinter verschlossenen Türen, sondern gemeinsam zu treffen sind. Das heißt richtigerweise, dass das in der „Franzke-Ära" und davor in der „Ludwig-Ära" nicht der Fall war, sondern der Gegensatz als geradezu „normal" angesehen wurde.

Hier ist schon der erste Punkt, der schonungslos und offen angesprochen und diskutiert werden muss.

Ich bin dabei nicht ganz ohne Emotionen, muss ich gestehen. Denn wir haben diesen Grundsatz der Offenheit vor Jahren konsequent zu unserem persönlichen Grundsatz gemacht – wir, der damalige Landtagsabgeordnete der SPD, Christoph Schulze, und ich (ein Parteiloser), um den damaligen Rechtsanwalt aus dem Westteil Berlins, Dr. Peter Danckert (der in der SPD-Westberlin nicht zum Zuge kommen konnte), hier in KW und in Zossen auf den Schild zu heben. Weil wir sahen, dass er ein sehr guter Mann ist, mit dem etwas zu erreichen sein könnte. Und ohne gute Leute geht gar nichts, wie man weiß. Ich kann mich noch gut an Ortsvorsitzende der SPD erinnern, die im Eigenheimerverband Land Brandenburg waren, und laut verkündeten, für diesen Anwalt der Reichen im Westen keine Werbung zu machen. Christoph und ich, sowie dann viele weitere Unterstützer, haben das aber möglich gemacht.

Unsere gemeinsamen Aktionen betrafen die Ablehnung des Drehkreuzes und Großflughafens Schönefeld, die sozial ungerechte Wasser- und Abwasserpolitik der Landesregierung, die Rückübertragungsproblematik und viele andere. Im Eigenheimerverband, in dem auch Peter Danckert und Christoph Schulze Mitglieder waren, hatte ich durch meine Arbeit weit über 2300 Mitgliederfamilien geworben, auch mit einer eigenen, sehr gern gelesenen Mitgliederzeitung.

Doch bei aller Geschichte, ich möchte mit Ihnen einen Dialog beginnen und über die zukünftige Arbeit in KW sprechen. Die liegt mir besonders am Herzen.

Die SPD ist im Sinkflug. Das ist die eigentliche politische Leistung des ehemaligen Bürgermeisters Franzke. Wer das nicht so sehen kann, wird die Aufarbeitung nicht schaffen. Herr Franzke mit seiner Allianz hat nicht nur die Wahl verloren, die Allianz mit Franzke/Hanke hat vor allem das Vertrauen der Menschen in KW verloren. Das ist das Schlimmste von allem, was je passieren konnte. Eine politische Ehe mit CDU, Perlick, und KPD, Reimann, einzugehen, konnte nur spätestens im Wahlkampf zu dieser unsäglichen Herabsetzung von Swen Ennullat und damit aller Wähler, die die Freien Wähler KW gewählt haben, führen. Obwohl mich die Äußerungen von Hanke, Perlick, Reimann u.a. nicht persönlich betrafen, fühlte ich mich (und fühle mich immer noch) persönlich angegriffen und beleidigt. So etwas lasse ich nicht zu.

Sie sind jung, Herr Scheetz, Sie könnten zumindest die „Ära" Franzke aufarbeiten. Sie könnten, wenn Sie aus dem Stoff derjenigen Helden sind, die politisch verantwortungsvoll vorwärts denken wollen, Herrn Ennullat ehrlich unterstützen. Und das kund tun und zu wissen geben. Denn das würde uns allen nutzen.

Ist das nicht ein vernünftiges Angebot zum öffnenden Dialog? Ich erwarte mit Spannung Ihre Antwort.

Dr. Dieter Füting

Gegenüber dem Busbahnhof hinterm Bahnhof: Ein Fahrradweg endet im nichts. Und täglich gibt es lebensgefährliche Ausweichmanöver - entweder von Fahrradfahrern oder von Autos. Eine Frage der Zeit, bis dort mal ein Mensch zu Schaden kommt.

Zwischen den Welten – eine persönliche Bilanz nach den Offenen Briefen an Herrn Hanke und Herrn Scheetz von der SPD in Königs Wusterhausen

Durch die Brille der Erfahrung wirst du beim zweiten Hinsehen klar sehen. Henrik Ibsen

Von Dieter Füting
14.01.2018

Wenn etwas schiefgehen kann, dann wird es auch schiefgehen. So lautet das Murphy-Gesetz. Und so lautet meine Einschätzung nach dem mehrfachen Versuch, eine kritische Diskussionskultur in der Stadt Königs Wusterhausen zu fördern. Weder Herr Hanke noch Herr Scheetz oder andere wollten sich äußern. Jetzt ist Klarheit. Ich muss feststellen: Hier in Königs Wusterhausen gibt es keine Debattenkultur, hier gibt es nur Standpunkte, die mitgeteilt und ausgetauscht werden. Hier gibt es nur Gruppeninteressen und Einzelinteressen und den Versuch, diese auf Teufel komm raus abzugrenzen und zu schützen.

Das ist die Geschäftsgrundlage, das ist das Niveau.

Wer das anerkennt, ist fehlerfrei.

Wie geht man mit dieser Arroganz um? Was macht diese zur Schau getragene Selbstgerechtigkeit mit uns? Soll man sich hier noch wirklich einbringen? Oder fehlt es diesen Selbstgerechten nur an Mut und/oder Intelligenz?

Nein, diese zur Schau getragene, manchmal verschämt verborgene Selbstbezüglichkeit ist nicht gut. Sie führt zur moralischen Impertinenz. Sie lebt nicht vom Zweifel, sondern von der fertigen Antwort. Wer aber nicht vom Zweifel lebt, kann nicht entdecken, dass er vielleicht ganz anders ist, als er bisher von sich angenommen hat: Wer kommt denn schon auf die ernsthaft aufgeworfene Frage, worin unser tiefes Kulturerbe in unserer Stadt eigentlich besteht? Wie können wir es voll erschließen und für uns nutzen? Wie soll unsere Stadt in zehn Jahren aussehen?

Wer nicht weiß oder wissen möchte, wie unsere Stadt in der Zukunft aussehen sollte, wird auch keine Idee haben und kein Rezept finden, diese Zukunft modern und demokratisch zu gestalten.

Würden diese Fragen (neben den vielen berechtigten Problemfragen, die unser aktuelles Leben bestimmen) gewissermaßen eine übergeordnete, eine verbindende Bedeutung haben, hätten wir auch einen übergeordneten Lösungsansatz. Dann blieben die Parteien und politischen Gruppen nicht das Problem, sondern wären ein Beitrag zur Lösung. Dann bliebe das Rathaus nicht ein merkwürdiger Ort, indem es nur um Loyalität, nicht um Bestätigung geht; ein Ort, wo nur Kulturkampf angesagt bleibt. Jeder würde gut sehen können: diese Leute sind doch nicht die Mehrheit und sie haben auch nicht die Wahrheit. Es fehlt ihnen an der psychischen Stabilität, am Wissen, kritischem Denken und Urteilsfähigkeit. Und deren zur Schau getragene Aktivität dreht sich nur wie eine Mühle im Wind, ohne Korn.

Ich wünsche mir für unsere Stadt Menschen in der Verantwortung, die aufgeschlossen und gebildet sind, kulturvoll, leise und feinfühlend, um eine wirklich tiefe, raumgreifende, zukunftsfähige und progressive Aufbruchstimmung zu erreichen; die jeden mitnehmen will. Was schlecht und was dumm ist, soll auch so genannt werden dürfen. Wer nur ein egoistisches Arschloch ist, soll auch spüren, dass er ertappt ist und keine Zuwendung mehr erfährt. Wir brauchen Bürger, wir brauchen Stadtverordnete, die das Ganze im Interesse der sehr großen Mehrheit und nicht im Eigeninteresse voranbringen wollen. Alle anderen sollen sich gefälligst zum Teufel scheren.

Resümee zum Abwahlantrag gegen Jörn Perlick (CDU): Das Projekt Freie Wähler KW hat begonnen

Die Stadtverordneten-Versammlung (SVV) vom 8. Januar 2018 in Reaktionen und Kommentaren

Neue Aufgaben und einen Ausblick auf die kommenden Wahlen kommentiert Dieter Füting
09.01.2018

Die Querfront-Verbündeten im Stadtparlament von Königs Wusterhausen (vgl. hierzu GT-worldwide.com) haben eine spürbare strategische Niederlage erfahren müssen. Denn es ist sehr klar geworden, dass diese Schachspieler nicht um des Schachs willen spielen. Ein Machtspiel um seiner selbst willen ist nicht ihr Spiel und nicht ihr Ziel. Es geht ihnen im 1. Schritt um die politische Isolierung des Bürgermeisters Ennullat und der Freien Wähler KW. Im 2. Schritt geht es um deren Verschwinden in die Bedeutungslosigkeit im politischen Wirken in der Stadt. Denn sie würden sonst zu viel an Macht verlieren.

Das ist das tatsächliche Machtspiel, das durch den Fall Perlick offen gelegt und durchschaut ist. In diesem Machtspiel werden die Mittel zu Zwecken missbraucht. Aktuell heißt das Mittel Perlick, der für sie zum Zweck wurde, das jederzeit von willkürlich gesetzten und veränderlichen Zwecken zerstört werden kann (vgl. Hierzu Hannah Arendt: Elemente und Urspünge totaler Herrschaft).

Die tragische Figur Perlick wird nun im Stadtparlament noch für eine kurze Zeit wie zur Strafe verbleiben können. Jeder kann sehen, das der "König" keine Kleider mehr anhat. Doch er wollte es so. Und für selbst gewähltes Elend gibt es nun mal kein Mitleid. Er hat sich selbst zur Randfigur stilisiert.

Für die Freien Wähler KW, so meine Schlussfolgerung, ist damit eine neue, größere Aufgabe auf die Tagesordnung gesetzt. Denn sie, die Freien Wähler KW, können und sollten mit den progressiven Kräften in der Stadt vorangehen bei Innovation und Neuaufbruch. Die Querfront-Verbündeten sind schon per Definition nicht in der Lage dazu. Sie haben zu lange Zeit versagt. Sie sind baldmöglichst einfach abzuwählen.

Hafen KW - Fehlplanungen haben ein kleines Vermögen gekostet.

Die Iden des 8. Januar – eine Replik auf die Ankündigung der "Querfront", den Antrag des Bürgermeisters von Königs Wusterhausen, Swen Ennullat, auf Absetzung seines Stellvertreters Perlick abzulehnen - und zugleich eine Metapher für bevorstehendes Unheil.

Perlick-Abwahl: Das Maß des Absurden ist erreicht

Dieter Füting persifliert
07.01.2018

Herr Perlick (CDU), der alles tat, was seine SPD-Kumpane Franzke, Hanke, Reichert und Genossen, was den Altlinken Reimann und weitere Atheisten unterstützte und was den neuen, mit 71,5 Prozent gewählten Bürgermeister Swen Ennullat behindern sollte, hofft scheinbar, dass für ihn noch nicht Matthäi am Letzten sein soll. In der SVV am 8. 1. 2018 wird über seine Abwahl entschieden. Und CDU-Atheist Perlick will den Kampf gegen Wahlsieger Ennullat, der von der Mehrheit der Menschen in der Stadt unterstützt wird, offensichtlich - und mit seinen Kumpels auch gern gegen die Wählermehrheit - weiterführen. Nun sogar als dessen unchristlicher Stellvertreter.

"Unchristlich"? Ja, sicher. Perlick selbst hat vor der Wahl öffentlich gesagt, dass er nicht an Gott glaube. In GT wurde es mehrfach veröffentlicht. Was zu Diskussionen selbst unter den Aufrechten der Katholiken der Gemeinde St. Elisabeth geführt hat: Soll doch jeder glauben oder nicht, auch gern glauben, was er will - als Frontmann der CDU, die sich Christlich-Demokratische Union nennt, kann eine solche Partei, will sie ernst genommen werden, jedoch nicht jemanden aufstellen, der öffentlich sagt, er glaube gar nicht an Gott.

Alles Fake? Gott und so? Das ganze "Gefasel" um die Kirche? So einen "Gläubigen" setzt die CDU als Heckenschützen gegen den Bürgermeister ein? Und gegen die Menschen in der Stadt?

Dass die Ablehnung des Ungläubigen, Perlick, der auch in anderen Beziehungen nicht zu sich steht, nicht nur aus der Ecke der gläubigen Christen geradezu dem Glauben immanent ist, kann Herr Perlick nicht sehen. So dass sich mir schon die Frage stellt, ob es sich lohnt, sich mit soviel Einsatz um die Person Perlick zu kümmern. Und ich muss sagen: Nein, ist es nicht.

Trotzdem noch diese Gedanken: Herr Perlick versucht eine Umwertung der guten Sitten und Gebräuche mit seinen Verbündeten in Gang zu setzen. Er will persönlich nicht anerkennen, dass seine öffentliche Abwertung und politische Gegnerschaft zu Swen Ennullat für ihn nicht folgenlos bleiben kann.

Guter Stil wäre es gewesen, hätte Herr Perlick seine Funktion als Stellvertreter von Swen Ennullat freigestellt und nicht noch seine persönlichen Vorbehalte zur gemeinsamen Angelegenheit aller Stadtverordneten und damit aller Bürger gemacht.

Das ist nicht nur schlechter Stil, das ist lupenreines destruktives Verhalten mit einem Hang zum Aberglauben. Das ist darüber hinaus aktive Subversion.

Wenn Herr Perlick die Autorität seines alten und neuen Kontrahenten auf diese Art offenbar fortlaufend untergraben will, hat er eigentlich nichts mehr in der Verwaltung unserer Stadt zu suchen. Denn er blockiert diese Verwaltung. Und jeder, der ihn unterstützt, tut das auch. Darüber hinaus greift Herr Perlick aber auch das Ansehen aller Stadtverordneten und die Würde vieler Menschen an. Ein nicht zu entschuldigender Vorgang.

Es muss gefragt werden dürfen: Wie wollen Sie, Herr Perlick, konstruktiv für die Zukunft der Stadt unter diesen Umständen arbeiten? Sie haben den Bürgern der Stadt bereits jetzt schon großen Schaden zugefügt. Nun gehen Sie zu Ihrem Freund, wenn der noch zu Ihnen steht. Aber lassen Sie die Menschen in Königs Wusterhausen in Ruhe.

Zur Diskussion gestellt: Die "Querfront" von SPD-CDU-DieLinke-All-incl-WfKW

SPD-Stadtverordnete haben angekündigt, auf der SVV-Sondersitzung am 8. Januar 2018 nicht für die Abwahl des stellvertretenden Bürgermeisters Jörn Perlick (CDU) zu stimmen. Lokale Linke-WfKW schließen sich jedem SPD-Unfug an - die Querfront steht ...

GT-Kommentator Dieter Füting regt eine breite, öffentliche Diskussion an 14.12.2017

Der neuen "Querfront" muss öffentlich in aller Deutlichkeit widersprochen werden. Denn mit ihr formiert sich eine Minderheiten-Kumpanei gegen die Mehrheitsmeinung und den klaren Willen der Menschen in KW: Die SPD-CDU-DL-WfK-Querfront der Herren Scheetz-Perlick-Kleis-Reimann gegen alle Vernunft in Königs Wusterhausen ist nicht nur primitiv-trotzig auf "Machterhalt unter allen Umständen - selbst denen der Existenzsicherung einer Minderheit gegen die Mehrheit der Meinungen in KW" (so ein Sozialdemokrat in einem Whistleblower-Gespräch mit der Redaktion von GT) gerichtet; nein, sie ist auch insgesamt nicht hinzunehmen.

Doch was steckt eigentlich hinter dieser Attacke der Christlichdemokratischsozialistisch-egoistischen Querfront?

Bereits die Entscheidung der SPD – Stadtverordneten gegen die Kitaplätze (vergleiche hierzu Berichte u.a. in GT - der international gelesenen Online-Zeitschrift für Poltische Kultur) deutete es an, die neuerliche Erklärung macht es verständlich : Die Stadtfront aus SPDCDUWfKDL ist eine Art Querfront gegen von 71,5 Prozent der Menschen gewählten, parteiunabhängigen Bürgermeister Swen Ennullat sowie gegen die Freien Wähler KW.

Dass diese "Querfront"-Idee bei Teilen der Linken sowie - trotz des manifestierten Gottes-Unglaubens ihres Vorturners Perlick auch bei Teilen der CDU – auf große Sympathie zu stoßen scheint, ist der weithin geschichts- und kulturamputierten Un-Bildung vor allem vieler Exponenten der querfrontlerischen Bürgerlichen sowie ihrer sozialistischen Brüder zu "verdanken".

Doch deren Idee ist gefährlich, weil sie nicht nur den demokratischen Willen der Mehrheit der Menschen in KW und ihres Bürgermeisters weithin wirkungslos machen oder zumindest einschränken könnte. Außerdem ist sie eine antidemokratische Strategie: Denn wie soll eine Stadtverwaltung effizient arbeiten können, wenn der Stellvertreter des Bürgermeisters - sein ausgemachter Gegner - die Ideen des Chefs durch permanente Vertuschung geschehenen Unrechts permanent konterkariert?

Understatement der kadavertreuen Christengutmenschen und Unterwerfung unter den Gottes-Unglauben ist hier ebenso wenig eine Lösung wie das große Kino der SPDler, die damit ihre zweifelnden Gefolgsleute knechten und in die Parteiraison zwingen wollen. Die Verweigerung von Querfront-Aktivisten ist dabei aus der Zeit gefallen. Denn sie benennen nur grob das Thema, formulieren aber keine genauen Fragen und Lösungsvorschläge.

Das gefährliche an ihrer Sprache ist, dass sie wie ein Dialogsystem aus einer Texteingabe – und Textausgabemaske zu bestehen scheinen. Sie verstehen nicht mehr eine natürliche Sprache, Gefühle, Ängste, Sorgen der Bürger – und kommunizieren nicht mehr wirklich. Nein, eigentlich kommunizieren sie überhaupt nicht mehr. Sie oktroieren allen anderen ihre Doktrin als die einzig mögliche Wahrheit auf.

Die SPD als Bundespartei hat ja schon mehrfach offengelegt, wie wichtig ein Erneuerungsprozess für ihr Überleben ist. Das scheint mir so auf Kommunalebene in KW noch nicht angekommen zu sein. Darum hier mein Appell: Wir brauchen in der SVV keine Parteistrategen mehr, keine kleinen und großen Bonzen, sondern eine moderne, kompetente Stadtpolitik. Die Querfront wird dazulernen müssen - oder abdanken.

3. Kapitel: Zur Kultur des Wechsels

Die Wahl des Bürgermeisters Swen Ennullat hat es deutlich und verständlich gemacht: Die Bürger der Stadt wünschen mehrheitlich eine neue, den Bürgern direkt zugewandte Kommunalpolitik. Die Bürger wünschen einen strategischen Wechsel.

Feuilleton von Dieter Füting
20.12.2017

Den Vertretern der Parteien und auch den gegenwärtigen Stadtverordneten wird dieser erforderliche strategische Wechsel nicht mehr zugetraut. Das war der Hauptgrund für das Scheitern der gegründeten Parteienallianz und ihres Kandidaten Hanke von der SPD.

Die Bürger der Stadt, die dem parteilosen Swen Ennullat, Kandidat der Freien Wähler KW, ihre Stimme gaben, sollten und werden in der Konsequenz diesen zum Ausdruck gebrachten Willen zur vollständigen personellen Erneuerung des Stadtparlaments bei der nächsten Wahl nutzen müssen - und sie werden es tun.

Die Auseinandersetzung im Wahlkampf zwischen dem Alleinstehenden, dem Außenseiter Ennullat, und der vollständig versammelten Gemeinde der Parteien mit ihrem Anführer Hanke, brachte eine wichtige Erfahrung: Die Parteienallianz war zwar vollständig versammelt, dennoch konnte keine Gemeinschaft aus ihren Exponenten werden, jeder scheiterte für sich allein. Ja, Vereinzelung führt nicht zusammen, sondern lässt jeden mit seiner strukturellen Entwurzelung einsam dastehen. Dieses Dilemma können diejenigen, die in der Abwärtsspirale sind, vorerst nicht lösen.

Die entschlossene Gemeinschaft der Unterstützer des Bürgermeister-Kandidaten Ennullat entwickelte unter der Ägide der Freien Wähler KW dagegen in kurzer Zeit eine besondere Kultur des Widerstreites und der Auflehnung. Jeder dort erkannte instinktiv: Solange der Wille zur Gegenwehr vorhanden ist, so ist auch eine Kultur vorhanden, ist eine optimistische Kultur vorhanden. Die Kultur entwickelte sich mit der Ablehnung des Parteienkartells. Sehr viele Unterstützer sahen, das im Schweigen und in der Anpassung die Kultur des Widerstreits sich selbst verneint und somit verschwinden wird. Denn ist die Kultur des Widerstreits weg, gibt es nur noch Zeremoniell und Ritual. Diese Kultur des Widerstreits ist das wichtigste Ergebnis des Wahlkampfes für die Freien Wähler KW und seine Fortschreibung die Garantie weiterer Erfolge.

Bisher sahen die Bürger in unserer Stadt möglicherweise, dass es sich gut in der persönlichen Unentschlossenheit leben lässt. Vielen schien es manchmal so zu sein, als zermürbe die Politik unser Denken und unsere Ausdrucksfähigkeit. Wer sich mit Politik befasste, egal auf welcher Ebene, schien ihren Verstrickungen ausgeliefert zu sein. Doch die Bürger brauchen Klarsicht, nicht Verblendung. Dann sehen sie, das soziales Denken immer verbunden ist mit individueller Verantwortung. So ist auch jegliche Stellungnahme nur etwas wert, wenn sie ihren Grund im eigenen Urteil hat.

In den Jahren haben wir erkannt, dass wir diese ganzen politischen Verstrickungen abstreifen müssen, um herauszufinden, was wirklich Wert hat für den Einzelnen. Jeder hat an sich selbst zu denken, um sich selbst verwirklichen zu können. Das geht niemals in einer Partei. Wir haben uns zurecht zu finden, eine Grundlage für das eigene Denken zu finden. Wir müssen durch die Politik hindurch, dieses Störende, das uns vergiftet. Wir können es aus eigenem Vermögen erreichen und es wird haltbarer sein, als alles Geschenkte.

Der Sitzungssaal der Stadtverordneten in Königs Wusterhausen – ein Raum für die Sinne, fast so eine Art Franzke-Memorial ...

Eine Satire von Dieter Füting
17.12.2017

Es gibt wichtige Dinge, die man im Leben erlebt haben sollte: dazu gehört der Sitzungssaal der Stadtverordneten in Königs Wusterhausen.

Es kann sein, dass sich diese These nicht sofort jedem erschließt. Das ändert sich aber, wenn man bei einer Versammlung der Stadtverordneten dem Geist des politisch verflossenen Bürgermeisters Franzke wahrhaftig zu begegnen glaubt.

Es kann erspürt werden, wie gerade hier die großartigen Ideen des Verflossenen weiterleben wollen. Das liegt auch ein wenig an dem Gegenüber – dem Jagdschloß des Kurfürsten und dessen historischer, nicht mehr gegenwärtiger Botschaft – mehr aber noch an den spürbaren Wirkungen der Projekte des ehemaligen „ Stadtfürsten" Franzke, die einem hier wieder besonders lebhaft in Erinnerung kommen.

Der direkte Vergleich Kurfürst und Stadtfürst geht nicht sehr gut aus für den Kurfürsten, denn schon der äußere Vergleich des wuchtigen Schlosses mit dem einzigartigen filigranen Beispiel der modernen Kultur, quasi dem lebendigen Museum der Moderne des ehemaligen Bürgermeisters zeigt, dass beide Welten trennen.

Das Franzke-Gedächtnishaus ist eine Living Gallery, eine bunte Erlebniswelt, wo sich in seinem Geist Menschen treffen und inspirieren lassen sollten, kurz: a place to meet. Jeder der über die acht Jahre Franzke nachdenken muss, könnte hier bestimmt eine Ecke finden. Wer hier ist, wird zumindest für einen Augenblick wie Franzke: Frei von sozialem Status und Konnotationen, frei von Privilegierung und unverhältnismäßig hohem Gehalt, frei von Selbstkritik und uneigennützigen Gedanken.

Der erspürte ethische Franzke-Kodex lässt erahnen, wie hoch das intellektuelle und ästhetische Niveau hier verknüpft war mit den politischen Themen, wie aus der gesamten Vielfalt des Einheitsdenkens seiner Königs Wusterhausener SPD jeder schöpfen konnte – beinahe schwerelos bei minimalem Denkeinsatz. Ausgangspunkt war immer die Simplizität, die sich nur auf die Wirkung der Ideen des Verflossenen bezogen, nicht auf deren demokratische Umsetzung.

Unsere Stadt ist zu wichtig, ist zu großartig und ist zu lebens- und liebenswert, um sie parteitaktischen Interessen einzelner Exponenten unterzuordnen.

Der KW-Klimastreit - ein unwürdiges Schauspiel

Dieter Füting kommentiert
08.12.2017

Dem eindeutigen Sieger der Kommunalwahlen, dem parteilosen Swen Ennullat, wird von den Losern hinterhergetreten. Es ist ein Segen für die Stadt, dass der neue Verwaltungschef sein Amt nicht nur besser als jeder vorherige, sondern auch mit mehr Ruhe und Würde ausübt. Foto: RNG
Wer gehört zur Innung, der hat auch die rechte Gesinnung, lautet ein deutsches Sprichwort. Die das bis zur Kommunalwahl im Herbst 2017 jahrelang bestimmt haben, wer die rechte Gesinnung hat, und die sich des Profits daraus kräftig bedient haben, sollten es nun - nach dem mehr als eindeutigen Willen der Bürger - nicht mehr bestimmen sollen. Die Wahl des neuen Bürgermeisters war getragen von diesem Grundgefühl. Swen Ennullat wurde so zur Hoffnung der weitaus überwiegenden Mehrheit in der einstigen Kreisstadt. Und der bisherige Karriereweg vom Opportunisten zum Karrieristen der üblichen Provenienz von KW hat einen schlechten Ruf bekommen.

Der parteilose Kandidat Swen Ennullat hingegen bleibt davon unbeschadet. Er hat mit seiner Offenheit und seiner Kompetenz die Bürger überzeugen können. Was er versprach, will und wird er einhalten und umsetzen.

Zwar geben sich die ewig Gestrigen nicht geschlagen. Sie vergessen dabei aber, dass das Maß des Anstandes in der Wirklichkeit liegt; und wie *sie* auftreten ist würdelos. Ohne jede Skrupel provozieren sie, auf heftige Art und Weise, nicht nur den Bürgermeister - sondern auch dessen Wähler und eigentlich alle Bürger unserer Stadt. Ja, uns alle: Ihre provokanten Äußerungen in bezahlten Pamphleten, etwa jenen des angeblich vergifteten Klimas durch den Bürgermeister Swen Ennullat, sind wie ein Schlag ins Gesicht gemeint. Dabei sehen die Schrei(b)er nicht, dass jeder Schlag, den ihre Wut austeilt, letzten Endes sie selber trifft.

Dem Amt des Bürgermeisters Swen Ennullat jedoch wächst von Tag zu Tag des ungerechten Angriffs die Würde seines Trägers zu. Und damit die Würde seiner Bürger. Das ist gut so und wird sich durchsetzen. Und das sollten die Agenten der Provokanten beachten.

Es geht um die Abwahl des Stellvertreters von Swen Ennullat, Jörn Perlick, und um den Beginn der Aufarbeitung einer besonders dunklen Ära in KW

Die Sondersitzung der Stadtverordneten-Versammlung (SVV) am 8. Januar 2018 ist für Menschen in Königs Wusterhausen, die ein Ende der Willkür und damit endlich Frieden, Zuverlässigkeit und Recht wollen, von großer Bedeutung

Dieter Füting kommentiert
04.12.2017

Jörn Perlick. Untragbar für alle, die eine transparente Politik wollen.
Vordergründig geht es in dem Antrag des mit 71,5 Prozent der Menschen in der Stadt gewählten, parteilosen Bürgermeisters Swen Ennullat um die Abwahl des Stellvertreters Herrn Perlick, der sich so vieler Delikte schuldig gemacht hat, dass es den, der noch zu fühlen in der Lage ist, graust.

Der Antrag ist plausibel und gut begründet - ihm kann sich ernsthaft niemand entziehen. Soweit, so gut.

Es geht jedoch nicht nur um die logische Abwahl eines politisch-moralisch Unfähigen. Es geht um mehr, um viel mehr.

Es geht darum, endlich den Beginn der Aufarbeitung des unsäglichen und so unsäglich dunklen Kapitels Franzke/Perlick der letzten Legislaturperiode in Königs Wusterhausen zu starten und voranzutreiben!

Die sozialen, psychosozialen und psychologischen Folgen von Rechtsbrüchen und bürgerfremdem Verwaltungsprozedere diverser kommunaler Verantwortungsträger um den Ex-Bürgermeister und dessen "kadavertreuen" Vasallen Perlick werden in GT zu Recht als „systemisch" bezeichnet und dankenswerterweise umfangreich aufgelistet. Die Online-Zeitung für Politische Kultur zeigt in ihren Berichten, Kommentaren, Feuilletons und Fundamentalkritiken sehr zu Recht das kompakte Bild einer fehlgeleiteten Stadtpolitik.

Und es wird deutlich: Alles muss jetzt auf den Tisch!

Bisher ist es den ehemaligen Verantwortlichen durch Ignoranz, Abstreiten oder

Totschweigen gelungen, jede kritische Stimme abzuschmettern und bei den Bürgern eine immer größere Distanz zu erzeugen.

Nicht ohne Grund ist also der SPD-Kandidat Hanke für das Amt des Bürgermeisters – und damit gleichzeitig die unheilige Allianz einiger Parteien – geradezu vernichtend abgestraft worden.

Um das kommende Desaster der SPD in KW vor der Wahl zu sehen, musste man nur verstehen, wer der ehemalige Bürgermeister Franzke war, wie er dachte und handelte und mit welchen Mitarbeitern er sich umgeben hat. Einer aus dieser ehrenwerten Gesellschaft war sein Stellvertreter, eben jener Herr Perlick, um den es jetzt endlich geht. Mit dessen Abwahl muss die eigentliche Etappe der Erneuerung der Politik in KW, einer Politik mit Herzschlag, endlich beginnen können. Sonst müsste zwangsläufig ein Kampf beginnen, der dann ebenso systemisch würde, wie die bisherigen Rechtsbrüche der bisherigen Koalition des Versagens.

Bürgermeister-Wahl 2017 - Dieter Füting kommentiert

Zur Stichwahl am 8. 10. 2017 - in unserer Macht liegt es, unser Schicksal zu wählen

Nein. Aus Überzeugung ist die SPD und somit der SPD-Bürgermeister-Kandidat Georg Hanke nicht zu wählen. Die SPD hat im Landkreis und insbesondere in Königs Wusterhausen in den zurückliegenden Jahren nachdrücklich bewiesen: Sie sind nicht für die Bürger insgesamt da, sondern insbesondere für ihr Klientel.

Beispiel 1: Der Standort Großflughafen Schönefeld mit Drehkreuz, möglichst Tag und Nacht. Fast eine Million Menschen werden betroffen sein von Lärm und Umweltschmutz, auch wir in KW.

Beispiel 2: Der Kohlehafen Königs Wusterhausen - eine Geldverschwendungsmaschine und ein Musterbeispiel für eine sinnlose Zerstörung unserer Umwelt ohne Rücksicht auf Mensch und Tier.

Beispiel 3: Wiesenhof in Niederlehme und anderswo. Ein Beispiel für Arroganz der Macht und hemmungsloses Streben nach Maximalprofit.

Beispiel 4: Die Verockerung von Dahme und Spree als Folge des Festhaltens an Braunkohle in Brandenburg.

Beispiel 5: Kulturpessimistische Drahtzieher der SPD im Landkreis und in der Stadt schaffen ein Klima des Klassenkampfes, des Zynismus und des ideologisch politischen Idealismus. Wer nicht eingeschlossen ist, ist eben ausgeschlossen.

Beispiel 6: Totschweigen von Kritiken, kritischen Hinweisen und Nichtbeantworten von Offenen Briefen als strukturierendes Prinzip und Demonstration ohne Solidarität, als Ausdruck ihrer gelebten Selbstgefälligkeit.

Das Motto der Sozialdemokraten im Landkreis und in der Stadt scheint zu lauten: Es herrscht große Unordnung unter dem Himmel – die Lage ist ausgezeichnet.

Aber sie ist es nicht! Denn die SPD im Landkreis und in der Stadt haben abgewirtschaftet!

Der innerste Kern der Idee des Wohlfahrtstaates kann nur ohne sie gerettet werden. Ihre Verzweiflung maskieren sie als Stärke, ihre Ratlosigkeit als tiefe Weisheit.

Wir brauchen in der Stadt freie Menschen mit freien Köpfen, die eine moderne Stadtpolitik gestalten wollen. Das können hier nur die "Freien Wähler KW", ohne

Eigeninteressen, ohne Selbstgerechtigkeit, offen und bürgernah, ehrlich und sachkundig, streitbar und konsenzfähig. Die "Freien Wähler KW", wie ich sie verstehe, werden eine neue Ethik als Politikstil praktizieren nach dem Grundsatz: Schlecht ist, was unsere Gesundheit und unser Wohlbefinden bedroht.

Mein Appell deshalb: Setzen wir auf die Vernunft der Freien Wähler KW, das tauglichste Mittel in unserer Stadt, gegen die Selbstgerechtigkeit und Unvernunft der Sozialdemokratie. Diesen Raum wollen wir schaffen. Ich empfehle deshalb den Kandidaten Swen Ennullat!

4. Kapitel: Über die Entfremdung der Kommunalpolitiker von der kommunalen Verantwortung für das Wohl der Menschen

Dieter Füting kommentiert das Verfahren mit dem Weg zum See in Zernsdorf
12.03.2018

Die Geschichte um den Seezugang von der Friedensaue zum Krüpelsee in Zernsdorf ist die Geschichte des jahrelangen Versagens des führenden Teils der Kommunalpolitiker in Königs Wusterhausen. Es ist Zernsdorfer Bürgern zu danken, ich nenne Stefan Wichard, Harald Wilde u. a., dass dieses Versagen (oder besser: die Verstrickungen gewisser Exponenten unter den Lobbyisten?) insbesondere der SPD und der Stadtverwaltung nachgewiesen werden konnte. Von einem skandalösen Rechtsbruch der Verantwortlichen ist sehr zu Recht die Rede und von unrechtmäßiger Einflussnahme dunkler Interessengruppen. Damit ist ein unfassbarer politischer Skandal deutlich angesprochen und aufgedeckt worden.

Wo immer es so kommt, dass kleine quasi-oligarchische Interessengruppen den öffentlichen Diskussionsraum und die Kommunalpolitik dominieren wollen, wird einer Demokratie, die den Namen verdienen will, jede Grundlage entzogen.

Wenn es so sein sollte, dass ein „Seezugang" - eigentlich für jeden - zum Privileg von wenigen gemacht wurde, dann ist eine ganze, politische Entscheidungsbandbreite in den vergangenen Jahren und Jahrzehnten zur Beute weniger Kommunalpolitiker und ihrer wirklich unheiligen Helfer geworden.

Ist es nicht klar zu sehen für jeden Bürger, wie mit einem durchgehenden politischen Zynismus viele noch erkennbare Standards einer Debatten-, Argumentations- und Entscheidungskultur systematisch verwischt werden sollen? Wer hat daran ein besonderes Interesse?

Fest steht, dass unsere Kommunalpolitiker grob fahrlässig handeln, wo immer sie nicht verantwortungsvoll an die Zukunft der Stadt denken und originär daran, wie die Stadt für alle Bürger lebenswerter gemacht werden kann.

Das alles scheint in den vergangenen Jahren in zunehmender und höchst besorgniserregender Weise geschehen zu sein. Gewisse Kommunalpolitiker haben von den „Profis" gelernt. Sie sehen genau, wie alle relevanten politischen Entscheidungen auf allen Ebenen durch ökonomisch und politisch mächtige Interessengruppen bestimmt werden können. Schon die Funktionsweise als solche imponiert wohl. Und so haben vor allem die Charakterschwächlinge in den politischen Ebenen schnell gelernt, dass mit der Ideologie der „Alternativlosigkeit" jede Bürgerinitiative zerstört werden kann. Leider auch jede Menschlichkeit. Dort sind wir heute: Die für Missstände dieser Art verantwortlichen Kommunalpolitiker tun ihr Mögliches, nun den öffentlichen Diskussionsraum systematisch zu behindern und kalt zu stellen. Denn nur dann können sie nicht entlarvt werden.

Es ist aus diesen Gründen, dass ich in meinem Buch, welches ich eigentlich den Betrachtungen kommunaler Politik von der eher philosophischen Meta-Ebene meiner Erfahrungen widmen wollte, im Folgenden den ganz konkreten Beispielen einer Politik Raum gebe, die von Sachkennern als gescheitert kommentiert werden. Ich finde, jeder sollte das seine tun, um solche Beispiele zu verbreiten. So würde die Kenntnis davon die Klüngelrunden in der Politik auf eine Weise entlarven, die die Akteure zwingt, Transparenz nicht nur dem Wort nach in ihr Handeln zu integrieren. Ja, eine neue Politik muss es lernen, Transparenz *ernst zu nehmen* und zu *leben*. Im kommunalen Raum wie im Regionalen oder im Nationalen. Nur dann kann die Welt irgendwann wieder einmal verständlicher werden - und den Menschen gehören; nicht ausschließlich der Selbstgefälligkeit und dem Eigennutz der Eliten.

Der Weg von der Friedensaue in Zernsdorf zum Krüpelsee (Foto oben und unten), seit einem halben Jahrhundert zu Gunsten von zwei Anwohnern versperrt, dürfte Sollbruchstelle einer jeden kommunalen Politik in KW bleiben - mehr auch in GT: www.gt-worldwide.com

Ein Fallbeispiel: Die leidige Geschichte um den Seezugang an der Friedensaue in Zernsdorf

Stefan Wichard, 1. Vorsitzender der BI KW e.V. und Mitglied im Ortsbeirat Zernsdorf, kommentiert die Sitzung des Ortsbeirats vom 7. März 2018

08.03.2018

Unter dem glücklicherweise von den Wählern abgelehnten und von seiner eigenen SPD schließlich entsorgten Ex-Bürgermeister von Königs Wusterhausen, Franzke, war es nicht möglich, dem Volk ein öffentliches Grundstück zugänglich zu machen: Der Weg von der Friedensaue zum Krüpelsee war von dem Alt-Dorfschulzen zwar nie explizit abgelehnt worden, denn das wäre Unrecht gewesen, aber der Zaun, der ihn versperrt, wurde auch nie geöffnet. Das Grundstück blieb also zur privilegierten Nutzung allein zwei Anrainern vorbehalten. Ein G'schmäckle hatte das Ganze unter anderem aus dem Grund, weil mindestens einer dieser beiden Anrainer zur engeren Lobby des SPD-Lokalgranden gehörte. Die SPD, die sich auf Bundesebene zur Zeit von Tag zu Tag mehr abschafft, fand somit ebenfalls in dem offensichtlichen Gemauschel um den Weg zum See ihren lokalen Niedergang in Königs Wusterhausen.

Mit der Wahl des parteilosen Kandidaten der Freien Wähler, des Verwaltungsexperten Swen Ennullat, weht seit Herbst 2017 ein neuer Wind im KWer Rathaus. Und flugs wurde dem Recht ein Stückchen weit zur Geltung verholfen: Es wurden einige der notwendigen "Sicherungsarbeiten" erledigt, um für die Zernsdorfer sowie ihre Gäste mit diesem Weg zum See ein beschauliches Areal zugänglich zu machen. Das kann - und wird eines Tages auch - die Lebensqualität in Zernsdorfs Ortsmitte spürbar steigern. Bisher verhindern das nun besagte zwei Anrainer - allerdings seit Jahrzehnten und mit Tricks, die man sich nur erlauben kann, wenn man gute Kontakte nach oben hat.

Immerhin: Jetzt hat der neue Bürgermeister mit dem Geld der Stadt das in Jahrzehnten gewachsene Unterholz von dem Weg weggeschnitten, so dass man schon mal die Fragmente des einstigen Feuerlöschweges zum Krüpelsee erkennen kann. Der ist laut Flurplan mehr als 4 Meter breit und 80 Meter lang. Er führt bis direkt an den Schilfgürtel des an dieser Stelle flachen Sees und dort auf öffentliches, vom Wasserstraßenamt verwaltetes Schwemmland. Alte Zernsdorfer erinnern sich noch, wie früher bis zu vier Feuerlöschzüge auf dem Weg zum See gestanden und die Kinder des Dorfes drumherum gespielt haben. Und heute?

Es gäbe die Chance, von der Mündung des Weges im Schwemmland einen Steg in den See zu bauen. An dessen Ende könnte man eine schöne Plattform aufs Wasser stellen. Die Menschen könnten aus der tristen Ortsmitte bis hinaus auf den See und dort den Sonnenuntergang erleben - ähnlich wie das mit dem kommunalen Steg im benachbarten Kablow geschieht. Seit Jahrzehnten. Und mit großer Akzeptanz der Menschen.

Tausende Zernsdorfer wollen das. Die Wählerliste Zernsdorf lebt, für die Matthias Fischer und ich selbst, Stefan Wichard, im Ortsbeirat sitzen, vertritt auf dem kleinen, parlamentarischen Weg die Interessen der Wählermehrheit für diese Idee.

Doch die beiden Anrainer haben sich als Lobbyisten und mit Hilfe eines eigenen Vereins die Politiker, wie viele in Zernsdorf es sehen, zur Beute gemacht und auf diese einen so großen Druck aufgebaut, dass zumindest von der alten, abgehalfterten SPD keiner die Traute hat, sich für den Weg auszusprechen. Außer dem Ex-SPD-Ortsvorsteher und mittlerweile parteilosen Ortsbeiratsmitglied Harald Wilde, der erkannt hat, dass der systematische Rechtsbruch, diesen Weg einfach zu "privatisieren", nicht durchgehen darf, ohne dass die Menschen im Ort nun auch auf lokaler Ebene erkennen, wie sehr das gute, öffentliche Recht zum Spielball privater Lobbies verkommen ist.

Und nun bekommen diese Lobbies auch noch Rückenwind: Am Mittwoch, 7. März 2018, wurde in Zernsdorf mit der denkbar knappsten Mehrheit eine neue Ortsvorsteherin gewählt. Diese, Frau Schwitalla, die sich als Schützling des zurückgetretenen Ortsvorstehers Borck offensichtlich angeboten hatte, dessen Job zum Vorteil der Anrainer des Weges zum See fortzusetzen, hat viele Zernsdorfer bereits mit den ersten Diskussionen nach ihrer Wahl und mit Äußerungen verärgert, die darauf hindeuten, dass sie die privilegierte Nutzung des Weges durch allein die beiden Anrainer weiterhin geschützt sehen will.

Diese Sicht, so viel Belehrung darf sein, ist vielleicht ein wenig einseitig. Deshalb sei an dieser Stelle ein Hinweis auf die Brandenburger Landesverfassung gestattet: Die sieht ausdrücklich vor, allen Bürgern den Zugang zu öffentlichen Gewässern zu sichern.

Die neue Ortsvorsteherin Schwittalla aber hat, im Übereifer des Gefechtes, einen Termin übers Knie gebrochen und in einer Mail von Donnerstagnacht, 8. März, zu einem Vororttermin am Samstagvormittag, 10. März, eingeladen. (Der Aktionismus erinnert ein bisschen an die AG Seezugänge des Herrn Borck, des Vorgängers der Dame Schwitalla. Diese AG ist - wie bekannt und gründlich erzählt - glorreich gescheitert.)

Trotzdem vermuten viele Zernsdorfer, Frau Schwitalle wolle überstürzt Fakten schaffen.

Anstatt sich mit Konzepten zu beschäftigen, sucht sie die schnelle Ablehnung dieses Weges - und dürfte damit die SPD in Zernsdorf vollständig beerdigen. Denn eine Fortführung des schon Jahrzehnte währenden Rechtsbruchs zu Gunsten zweier "Hintermänner" bisher unbekannter Verbündeter würde von den Zernsdorfern mit großer Mehrheit nicht goutiert werden.

Immerhin: Die BI KW e.V. hat der Verwaltung im Rathaus von Königs Wusterhausen mittlerweile ein tragfähiges Konzept zu diesem wunderschönen Areal vorgelegt.

Eigentlich könnte man sich damit der Lösung dieser durch die SPD-Lobbies seit Jahrzehnten verkorksten Situation zuwenden - und hätte danach Zeit für anderes.

Viele wichtige Probleme des Ortes, z.B. der sichere Verkehrsweg der Kinder zur Schule, die gefahrlose Überquerung der Kreisstraße für alle Bürger, die weiterhin durch den Ort donnernden tickenden Zeitbomben in Form von Tank Lkw der TABEG und der Lkw der SKBB, stellen nur einige der Besorgnis erregenden Probleme dar.

Von den außerordentlich gefährlichen Bedrohungen der Gesundheit der Menschen durch Verlärmung des Ortes mit z. T. über 80dB bei Tag (Grenzwert nachts deutlich niedriger) abgesehen.

Lärm macht krank! Dies geht aus immer mehr wissenschaftlichen Studien hervor. Dauerlärm erzeugt Stress beim Menschen mit vielfältigen gesundheitlichen

Auswirkungen, die sich vor allem in Herz-Kreislaufproblemen, Tinnitus, bis hinzu Missbildungen bei Neugeborenen bemerkbar machen können.

Die Autobahn A 10 - hier Teil einer Schnellstraßenmagistrale von Paris nach Moskau - weist in ihrem Königs Wusterhausener Durchstich jährlich steigende Verkehrszahlen auf. Die Ausweitung der Kiesgrube hat darüber hinaus verheerende Folgen für die Einwohner des Ortes und für die Natur. Doch das alles tritt für Frau Schwitalla - wie es mir scheint - in den Hintergrund. Ihr scheint es wichtiger zu sein, die Einzelinteressen der eigenen Protagonisten weiterhin zu sichern.

Angemerkt sei noch der Infraschall der Windkraftanlagen, der von den in Wohnortnähe installierten Windrädern des Windparks Uckley ausgeht. Windräder in so drastischer Nähe zu Wohnhäusern wurden in anderen europäischen Ländern bereits untersagt. In KW nicht. Neuerdings auch dank einer Ortsvorsteherin, die andere Aktionen vorzieht. Hauptsache, Interessen der eigenen Lobby werden gewahrt.

Wenn die Dame so weitermacht, kann man nur sagen: Gute Nacht, Zernsdorf.

Liebe Leser,

an dieser Stelle müsste das Buch abrupt und wenig harmonisch abbrechen. Wird es aber nicht. Den Grund hat Dieter Füting schon zu Beginn erklärt: Es sei seine Lebenserfahrung, dass politisch-ideologisches Parteidenken im Paradoxen ende, weil solches Parteidenken kein logisch-positives Handeln hervorbringe und damit eine Moral bewirke, die ausschließlich zwischen Zustimmen und Ablehnen zu unterscheiden vermag. Tatsächlich durchdringt diese Lebenserfahrung des Autors Füting nicht nur die Zeilen der Kapitel und der Kritiken, die folgen, sondern ebenso das Erleben von mir als Leser auch der in diesem Werk gar nicht beschriebenen, aktuellen Politik sowohl auf der kommunalen wie auch auf höheren als der kommunalen Ebene.

Dieter Füting gelingt es zum Ende seines Buches, den Bogen in quasi höhere Verständnis-Ebenen zu spannen und auch dafür das Interesse „scharf" zu schalten. Und wie? Nun, indem er - mit geradezu Nietzscheanischer Metaphorik - die Neue Musik einer künstlerischen Avantgarde zitiert. In einem Dialog mit seinem Sohn Reiko, einem Nestor des kompositorischen Denkens, Professor in New York, Übermittler einer neuen Tonalität in die Zeit gehörender Wahrheiten, setzt sich Dieter Füting mit dem auseinander, was auch ohne uns Wert hat, was bisher aber von denjenigen nicht erkannt werden konnte, die nur ihren eigenen Wert schätzen.

In dem folgenden, 5. Kapitel, erarbeitet sich - und dem um Verständnis und Lernen-wollen bemühten Leser - Dieter Füting nun das Verständnis für seine Art der Sorge um den notwendigen, menschlichen Umgang auch zerstrittener Diskussionsteilnehmer auf einer neuen Ebene. In diesem 5. Kapitel geht es mit der neuen Musik also nur scheinbar um ein völlig anderes Thema. Tatsächlich kann diese neue Musik uns sanft und sehr pädagogisch auf diese Ebene heben, die uns wieder den Dingen Wert geben lässt, die wir in unserer unkontrollierten Eigenliebe vorher all zu sehr vernachlässigt haben.

Wer jetzt sagt, das sei nicht sein Interesse, wird diese Meinung vielleicht bald ändern. Denn nicht Logik und Verstand, sondern Intuition und Seele prägen in diesen neuen Zusammenhängen die Themen; und folglich auch die eigene Auffassung über die Frage, wie sich uns ein Streit als Diskussionsstoff erschließt.

Lassen Sie sich also einfach ein … auf die neue Musik, die viele der bisher ungelösten Ansätze auch im tagtäglichen Streiten zu neuem Verständnis begleiten kann, das vielleicht bald nicht mehr eine Moral bewirkt, die ausschließlich zwischen Zustimmen und Ablehnen zu unterscheiden vermag.

Viel Freude daran wünscht Ihnen,
Ihr Norbert Gisder, Herausgeber

5. Kapitel: Im Dialog über Musik. Dr. Dieter Füting und sein Sohn, der Komponist Reiko Füting aus New York

03.11.2017 - Neue Musik - neue Lebenssichten?

Lieber Reiko,

jede Zeit wirft neue Fragen auf und braucht neue Antworten. Beinahe unvorstellbar, dass die Kunst für das Höchste im Leben gehalten wurde - groß, bedeutend, unübersehbar.

Heute sind es andere Götter, die angebetet werden: die Unterhaltungsindustrie oder die Wirtschaft und ihr Wachstumsversprechen.

Der Lebenssinn scheint mit den neuen Göttern abhanden zu kommen. Sind wir wirklich keinen Schritt vorangekommen? Warum stehen wir den echten neuen künstlerischen Ideen - jenen, die Denken und Fühlen umwälzen können - so gleichgültig, verständnislos bis ablehnend gegenüber? Was zerstört unsere Urteilskraft? Wer oder was hindert uns am Selberdenken?

Die Philosophin Hannah Arendt kommt in ihrem Hauptwerk „Elemente und Ursprünge totaler Herrschaft" auch zu der Erkenntnis, dass wir zu uns selbst ein Verhältnis zu entwickeln haben, dass wir uns von der Orientierung an der uns umgebenden Gesellschaft ab- und uns zuzuwenden haben.

Diese Erkenntnis von Hannah Arendt ist für mich deshalb so bedeutsam in der Debatte um die Anerkennung und Förderung der neuen Musik, weil sie sich mit der nicht weniger radikalen Forderung einer gesellschaftlich völlig neuen Wertschätzung der modernen Kunst verbinden lässt. Einer modernen Kunst, die eine wichtige Hoffnungsquelle für unsere Gesellschaft sein kann.

Dein Vater

Dr. Dieter Füting ist - sicher gerade weil er dieses Fach nie studiert hat - ein Philosoph. Und einer, der die Musik liebt, wie der Mensch die Luft zum Atmen braucht. In wenigen Gedanken äußert der Vater von Reiko dies - und erhält prompt Antwort von seinem Sohn, dem Musiker. Von Reiko Füting, dem Komponisten. Vom Komponisten, der von seinem Vater unter anderem auch eines geerbt hat: Die Gabe zum Verständnis und zur Liebe der Philosophie. Ist es das, was Reiko Füting rund um den Globus diese unglaubliche, diese so omnipräsente Autorität in allen Fragen von Urteilen zur Neuen Musik gibt?

Reiko Füting auf einer Aufnahme von 2017
Fotograf: Hoojon Kim.

Neue Musik - Reiko Füting antwortet seinem Vater: Was ist heute neu? Was ist entscheidend? Die Relevanz.

11.11.2017
Von Reiko Füting

Du schreibst über Neue Musik. Aber was ist „neue" Musik? Ist Musik neu, weil sie neu – gerade, kürzlich – geschrieben wurde? Nein.

Mir fällt ein Satz von Goethe ein, den Du oft zitiert hast: „Was Du ererbt von Deinen Vätern hast, erwirb es, um es zu besitzen."

Das Neue in der Musik muss verdient werden: „...erwirb es, um es zu besitzen." Dieses Erwerben ist ein aktiver Akt, ein bewusster Akt, der natürlich nie frei von Unter- und Unbewusstem sein kann und darf. Aber mich interessiert hier das Aktive, das Bewusste. Aktives und Bewusstes entstehen aus einer Auseinandersetzung: „Was Du ererbt von Deinen Vätern hast..." Die Väter, die Vorväter, Vorfahren, die Tradition. Tradition aber ist nicht statisch und passiv, Tradition ist dynamisch und aktiv, weil Tradition keine Gewohnheit sein kann, da sie sich mit der Gegenwart auseinandersetzen muss.

Was ist neu? Was ist heute neu? Was sollte heute neu sein? Was ist entscheidend?

Die Relevanz.

Relevanz entsteht, wenn sich Tradition mit der Gegenwart auseinandersetzt, auch weil daraus Vision und Utopie entsteht. Musik muss Tradition und Vision relevant verbinden. Aber wie kann man diese Relevanz gestalten?

Hier interessiert mich die Beziehung von Form und Material. Ich denke und fühle, dass der Fokus auf das Material in der Musik zu einem Endpunkt gekommen ist oder bald kommen wird. Und ich komme nicht umhin, in diesem Fokus auf das Material einen Spiegel unserer materiellen Welt zu sehen, deren – hauptsächlich ökologischen – Konsequenzen die Menschheit auf immer definieren werden. Ich denke und fühle, dass ein Fokus auf die Form in der Lage ist, sich relevant mit unserer Gegenwart auseinanderzusetzen. Ein „stream of consciousness" sehe ich nicht mehr in der Lage, relevant auf unsere soziale, politische und ökologische Umwelt zu reagieren. Mit Formen der Vergangenheit verhält es sich nicht anders. Problematiken wie Flucht und Migration, Apartheid und Genozid, Biografien von „Menschen mit Migrationshintergrund" und „displaced persons" sollen Inspiration zu neuen Formen der künstlerischen Kommunikation werden. Damit wird Musik – und das ist eine Notwendigkeit – politisch.

Herzlich, Dein Reiko

Dieter Füting: "Das Primat des Ökonomischen in der Musik wird nicht zu einer fruchtbringenden Diskussion über Qualität der Kunst führen."

Von Dieter Füting

Lieber Reiko,

Hier besteht vollkommene Einigkeit: Das Primat des Ökonomischen in der Kunst, speziell in der Musik, wird nicht zu einer fruchtbringenden Diskussion über die Qualität der Kunstwerke führen können. Es gäbe dann nur noch eine Diskussion über Quoten, Gewinnzahlen usw., aber keine Differenz-Gespräche über Qualität und künstlerische Wirksamkeit.

Wo es jedoch keine Differenz mehr gibt, gibt es Indifferenz – und jede Gleichgültigkeit tötet, soviel steht fest.

Der Triumph der Analyse zu der Frage, was heute neu sein sollte, was entscheidend ist, kann m. E. nicht die Denkfigur des politischen Komponisten sein. Eine solche Denkfigur macht mir Angst, denn sie verlangt die Komplizenschaft mit dem politischen Komponisten.

Es ist wohl davon auszugehen, dass es keine einheitlichen Erklärungsmuster einer "neuen" Musik geben kann. Jedes Stück eines Komponisten ist nur vor dem Hintergrund seiner persönlichen Lebensgeschichte und seines intellektuellen Anspruches an seine Zeit zu verstehen. Damit ist er natürlich an soziale Entwicklungen orientiert oder gebunden. Aber wenn Musik politisch ist oder wird oder sein soll, wird dann nicht ein bestimmtes Mißtrauen gegenüber dieser Musik (ähnlich in der Politik) wiederum notwendig? Ich denke, dass das nicht im Interesse eines Komponisten liegen sollte. Er endet dann so, wie der Politiker endet.

Ich denk an Dich, Dein Vater

Der Notwendigkeit geht die Beliebigkeit voraus

14.11.2017
Reiko Füting

Lieber Vater,

Um über die Notwendigkeit zu schreiben, muss ich mit der Beliebigkeit anfangen. Beliebigkeit entsteht, wenn kein übergeordnetes Prinzip vorhanden ist. Dadurch wird das Momentane (nicht das Spontane, das von äußerster Wichtigkeit ist) zum Prinzip erhoben, was man in unserer heutigen medialen Welt jederzeit und jedermann mitteilen kann, wobei das Profane nicht mehr so richtig vom Besonderen unterschieden wird. Das Prinzip des Momentanen ist das Prinzip der Unterhaltung, welches – wenn auch wichtig – nicht das Prinzip der Kunst sein kann, welches aber unsere konsum- und medial-orientierte Gesellschaft zum Höchsten erhoben hat. Kunst muss von einer Notwendigkeit getragen werden, und sie muss im besten Sinne stören:

„Der Mittelweg ist der einzige, der nicht nach Rom führt."
„Kunst kommt nicht von Können, sondern von Müssen."

    (Arnold Schönberg)

Um welche Notwendigkeit handelt es sich dann aber? Um eine persönlich definierte? Das wäre etwas, was mir Angst macht, sehe ich doch in dieser Ich-Fixierung die Ursache vieler Probleme unserer heutigen Welt. Ich denke, die Notwendigkeit der Kunst besteht darin, auf ihr Umfeld bewusst zu reagieren. Und dieses Umfeld ist kulturell, sozial, gesellschaftlich, sowie ökologisch. Politik bezieht sich in seinem Ursprung auf die Dinge des Gemeinwesens. Politisch heißt daher, sich mit dem Gemeinwesen auseinandersetzten. Und darin sehe ich die Notwendigkeit der Kunst. Ich meine daher nicht das parteipolitische Gemeinwesen: diese Unterscheidung ist mir sehr wichtig, da parteipolitische Strukturen die für die Kunst notwendige Freiheit nie schaffen können. Ich meine die bewusste Auseinandersetzung mit der kulturellen, sozialen, gesellschaftlichen und ökologischen Umwelt.

Herzlich, Dein Reiko

Lieber Reiko, neue Fragen ...

Von Dieter Füting - 16.11.2017

... die bewusste Auseinandersetzung mit der kulturellen, sozialen, gesellschaftlichen und ökologischen Umwelt – was ist das konkrete Ziel?

Möchtest Du mit Deiner Musik Deine Wirklichkeit auf subjektive Weise erschaffen?

Das Denken und Fühlen sprengen und die Zeit außer Kraft setzen?

Oder zur Aktivität anregen, den gesellschaftlichen Prozess besser zu gestalten?

Ja, es ist so, die Erfindungs- und Schöpferkraft in der „neuen" Musik blüht, das beweisen auch Deine Kompositionen. Doch auf den Spielplänen der Musiktempel blühen sie nicht. Deine nicht und auch die der Anderen nicht.

Wenn die „neue" Musik das unmittelbare Miterleben der Gegenwart schaffen soll und ein festes Stück der menschlichen Imagination werden muss, wie bringe ich das in Einklang mit dem Urknall des Klimawandels, der uns als Menschen für alle Zeit definiert?

Wie mit den Flüchtlingsströmen, den Kriegen in der Welt und dem gefährlichen neuen kalten Krieg bei uns?

Wie bringe ich das in Einklang mit dem Artensterben? Vierhundert Tierarten, jeden Tag. Eigentlich unfassbar.

Wenn ich durch Deine wunderschöne Musik einen kleinen Einblick in den inneren Prozess bekomme, in die Art, wie sich unser Bewusstsein bildet, was ist damit gewonnen?

Lieber Reiko, ich bleibe immer noch etwas ratlos zurück. Buddha schreibt man den Satz zu: Was du heute denkst, wirst du morgen sein.

Also will ich positiv denken.

Ich umarme Dich.

Dein Vater

Mir geht es in erster Linie um die Auseinandersetzung an sich

Lieber Vater,

Von Reiko Füting - 19.11.2017

Ich gestehe, dass das Komponieren in erster Linie ein persönlicher Akt ist. Es ist eine tiefe Freude, zu komponieren. Aber ich möchte das Komponierte auch mitteilen, ich möchte es kommunizieren. Hier kommt die Relevanz ins Spiel. Daher ist das Ziel nichts Anderes, als sich bewusst mit der kulturellen, sozialen, gesellschaftlichen und ökologischen Umwelt auseinander zu setzen. Das ist etwas, was die Unterhaltung nicht oder nur bedingt tut. Mir geht es dabei weniger um das konkrete Resultat, was von Natur aus von Mensch zu Mensch verschieden sein muss: ob es das Denken und Fühlen sprengt, ob es die Zeit außer Kraft setzt, ob es zu Aktivitäten anregt. Mir geht es in erster Linie um die Auseinandersetzung an sich.

Was ich mit meiner Musik möchte, ist einen Raum zu schaffen, mit dem man sich auseinandersetzen muss. Ich hoffe auf Neugierde, weiß aber auch, dass diese nicht immer gegeben ist. Aber wir leben nicht mehr in einer Welt, in der man sich von Anderem und Fremdem abwenden kann, wie es noch in Goethes Faust beschrieben ist:

Nichts Bessers weiß ich mir an Sonn- und Feiertagen

Als ein Gespräch von Krieg und Kriegsgeschrei,

Wenn hinten, weit, in der Türkei,

Die Völker aufeinander schlagen.

Man steht am Fenster, trinkt sein Gläschen aus

Und sieht den Fluß hinab die bunten Schiffe gleiten...

Dann kehrt man abends froh nach Haus,

Und segnet Fried und Friedenszeiten.

Das Andere, das Fremde wird immer mehr mit uns leben, weil woanders immer mehr unerträgliche Lebenszustände herrschen werden, wo Menschen nichts mehr zu verlieren haben. Wenn nun aber nicht die Neugierde „zwingt", sich mit etwas Anderem, Fremdem auseinander zu setzten, sondern die Realität, dann werden Attribute wie Akzeptanz, Toleranz und Offenheit gesellschaftlich überlebenswichtig. Und genau das kann neue Musik vermitteln, dass man Anderem und Fremdem akzeptieren, tolerieren und offen gegenüberstehen kann, und dass das eine Bereicherung sein kann.

Ein Auseinandersetzen mit einer musikalischen „Umwelt" kann auch sensibilisieren für alle anderen Arten von Umwelt. Und das ist, was ich als Kultur verstehe. Und das wird immer mehr eine Notwendigkeit werden. Und hier ist Qualität entscheidender als Quantität, und die lange Sicht entscheidender als die kurze.

Herzlich, Dein **Reiko**

Musik öffnet Räume

wenn Musik Räume öffnen soll, brauche ich als Hörer der Musik ein gedankliches Bezugssystem. Laß uns also gemeinsam über das Verhältnis zwischen dem Komponisten und dem Hörer der Musik nachdenken.

Lieber Reiko,
20.11.2017

Für mich sind diese Gedanken von William Blake schon lange eine Art Bezugsystem:

Die Welt erschau in einem Korn aus Sand,
Den Himmel im Wiesengrunde.
Das Unendliche fange in der Hand,
Die Ewigkeit in einer Stunde.

Mit dieser Orientierung löse ich nicht die Probleme der Welt, das kann und will ich nicht. Aber sie hilft mir, über mich nachzudenken, mich zu verstehen. Denn ein Leben ohne Selbsterforschung ist nicht lebenswert.

Deine Musik, die sanfte Gewalt Deiner Musik, erweitert den Raum, kann einen Raum öffnen, der es mir möglich macht, mich neu zu orientieren und mich neu auseinander zu setzen mit der Wirklichkeit.

Das erreicht die sanfte Gewalt Deiner Musik für den Hörer vielleicht deshalb, weil sie sich gegen die brutale Wirklichkeit wehrt.
Also denke ich, dass " neue " Musik sich gegen die brutale Wirklichkeit wehrt, indem sie auf ihrem Gegenteil besteht.

Das sehe ich als das Bezugssystem unseres Bewußtseins im geschaffenen, erweiterten Raum Deiner Musik.

Hierin spiegelt sich auch Freude und Leid.

Ich zitiere noch einmal William Blake:

Es ist recht, es sollte so sein.
Der Mensch ward gemacht für Freude und Pein,
Und wer dies immer im Sinne behält,
Geht unangefochten durch die Welt.
Das feine Gewebe von Freude und Leid
Ist für die göttliche Seele ein Kleid;
Unter jedem Kummer und jedem Leide
Zieht sich ein seidener Faden der Freude.

Das Vermögen des Komponisten liegt im Atem, den er für eine andere Seele schöpft. Dann finde ich mich in der Musik, gehe ich zurück zum Wald, zu den Kornfeldern, zum Fluß, zum Meer.

Die geistige Welt wird real.

Dann vollzieht sich ein Eintauchen und Auseinandersetzen als eine freie Handlung. Dann erkenne ich genauer, wie sehr die Zeit gebrochen ist.

Diese Erfahrung der gebrochenen Zeit, die ich in der Musik suche, verleiht mir vielleicht nicht Erkenntnis, aber sie verleiht mir Erhabenheit.

So wie die Geschichte einen Sinn hat, so hilft Deine wunderschöne Musik einer fortschreitenden Menschwerdung ... und macht Dich zum Ausnahmekünstler.

Dein Dich liebender Vater

... es kann in der Kunst nicht um die Lösung der Probleme gehen ...

Reiko Füting in einem Brief an seinen Vater - 26.11.2017

Reiko Füting mit seiner Muse, Ehefrau und Mutter seines Sohnes. In der Ernsthaftigkeit der tiefen Sinne glücklich und inspiriert.

Ich kann nachvollziehen, dass Du ein gedankliches Bezugssystem brauchst, mir geht es nicht anders. Aber auch ein emotionales Bezugssystem kann diese Aufgabe erfüllen, es gibt viele Temperamente.

Und es kann in der Kunst nicht um die Lösung der Probleme gehen. Und ich stimme Dir zu, es ist wichtig, über sich selbst nachzudenken. Aber ich möchte hinzufügen, dass es wichtig ist, über sich selbst und das Verhältnis von sich selbst zu einer Umwelt, einer Umgebung, einem Kontext von Raum und Zeit nachzudenken.

Du erwähnst etwas, was ich noch erwähnen wollte, somit bist Du mir zuvorgekommen: das Geistige. Das Geistige in der Kunst, in der Musik ist sicher das Höchste. Eine Art von Transzendenz, die der Welt entflieht, und die die – existenzielle – Erkenntnis schafft, wie klein der Mensch ist, und wie groß der Kosmos, und was es heißt zu leben und zu sterben, was es heißt, Zeit zu haben, Zeit auf der Erde, und mit dieser Zeit all diese Erfahrungen. Dennoch denke ich auch hier, dass diese Vergeistigung verdient werden muss, vor allem heutzutage, wo das Geistige so wenig eine Rolle spielt, da Kommerz und Unterhaltung alles andere in den Hintergrund drängen. Ich denke und hoffe, dass das Geistige mit der Zeit kommt, mit der Erfahrung der Zeit, denn Zeit ist auch Raum.

Parsifal: Ich schreite kaum, doch wähn' ich mich schon weit.

Gurnemanz: Du siehst, mein Sohn, zum Raum wird hier die Zeit

(Richard Wagner)

Herzlich, Dein Sohn Reiko

Die „neue Musik" und Rock'n Roll

Lieber Reiko - 28.11.2017

in unserer Jetzt-Zeit, in der Krieg gegen so Vieles, auch gegen die Umwelt, geführt wird, scheint es besonders schwer zu werden, eine gemeinsame Basis zu finden. Eine gemeinsame Basis, sich die Welt begreifbar zu machen.

Das ist natürlich eine gute Zeit für Scharlatane, Zocker, Betrüger und Hetzer jeder Couleur. Menschen, die keinen Allwissend-Anspruch haben, die beispielsweise mit ihrer Kunst, so wie Du mit Deiner Musik, zum Auseinandersetzen anregen wollen, haben hier schlechte Karten. Denn sie sind leise, vorsichtig, zurückhaltend, fragend. Niemals fordernd.

Wenn sie dazu mit neuen Techniken, Methoden und Sichtweisen auch ihr klassisches, angestammtes Fachgebiet weiterentwickeln wollen, müssen sie es schwer haben.

Aber ich weiß auch aus eigenem Erleben, wie jede Häme, Arroganz und Verleumdung es dennoch nicht schaffen können, das Neue in die Lächerlichkeit abzudrängen. Trotz aller Vorbehalte, Verdächtigungen und Verbote konnte es die Elterngeneration nicht erreichen, dass wir uns an ihrer verpieften und reaktionären Marschmusik ergötzen konnten.

Die „neue" Musik, damals der Rock'n Roll für uns, hat uns frei gemacht. Hat bewirkt, dass ich keine feuchten Augen bei der gesungenen Frage bekam, wie: Fräulein, könn'se links rum tanzen? Oder: Lieber Gott, hast Du vergessen auch mich, den braven Soldaten am Wolgastrand, der für sein Heimatland Wache stand?

Das war nicht mehr unsere Zeit. Und das uns begreifbar zu machen, so unfassbar das klingt, hat auch der Rock'n Roll gemacht. Neue Musik damals. Das lässt doch hoffen, oder?

Ich umarme Dich,
Dein Vater

... neue Generation braucht eine Identität. Und das ist eine neue Identität. Also eine andere Identität.

Von Reiko Füting - 26.12.2017

Lieber Vater,

Ich bin nun in einem Alter, in dem ich über neue Generationen reden kann, und möchte generell sagen, dass junge Menschen immer Hoffnung machen. Denn eine neue Generation braucht eine Identität. Und das ist eine neue Identität. Also eine andere Identität. Und dadurch gibt es Offenheit Neuem gegenüber.

Wie schön, dass Du den Rock'n'Roll erwähnst. Was an ihm fasziniert, ist seine Direktheit. Und die beste Rock'n'Roll Musik hat auch über die Jahre keineswegs an Reibungsfläche verloren. Reibungsflächen sind wichtig, sonst ensteht keine Energie. Und ich finde diese Direktheit genau so wichtig wie das Mystische. Geht es doch in unserem Leben sowohl um das Diesseits als auch das Jenseits. Denkst Du nicht? Wir brauchen Töne und Zwischentöne, Klänge und Zwischenklänge, Welten und Zwischenwelten. Aber ich gestehe, dass mir die Zwischentöne, Zwischenklänge, und Zwischenwelten immer wichtiger werden. Eine Frage des Alters?

Herzlich,

Dein Sohn,

Reiko

Zwischentöne, Zwischenklänge, Zwischenwelten und das Gedankenexperiment vom „Schiff des Theseus"

Von Dieter Füting - 20.01.2018

Lieber Reiko,

klar ist, dass Kunst nicht nur reflektieren, sondern immer auch verändern wollte...das Denken verändern, das Empfinden kultivieren, das Verstehen beeinflussen, die Selbsterkenntnis fördern. Auch „ neue Musik „ , Musik unserer Zeit, zeitgemäße Musik, muss hierzu beitragen wollen, wenn sie wirklich etwas darstellen soll. Das ist der Grund für ihre Berechtigung.

Selbsterkenntnis insbesondere aus der Musik zu gewinnen, ist seiner Struktur nach jedoch immer paradox, weil sie an die Tradition und an die Erinnerung geknüpft ist. Die Reflexionen aus dem Bewusstsein sind leider schwach wie trübes Mondlicht. Neue Musik muss sich somit auch der Aufgabe stellen, das Spannungsverhältnis aus der Erinnerung, in der wir leben, erträglicher zu machen. Erinnerungen hängen mit unseren inneren Konflikten zusammen, die niemals nur auf einer Ebene ausgetragen werden. Wie wir sie austragen, hängt mit dem Bewusstwerden der nicht zugelassenen, verworfenen und/oder verdrängten Inhalte unserer Psyche ab. In diesem Spannungsverhältnis leben wir und wirkt auch die „ neue Musik."

Neue Musik, um es zusammenfassend zu sagen, kann nur dann gut gelingen, wenn der Wagemut des modernen Komponisten in seiner Tätigkeit seinen Bewusstseinsprozess und Erfahrungsschatz stimuliert, ausprägt, bestimmend fördert und entwickelt. Seine besondere Gabe, die tiefe innere Verbindung zwischen Gefühl und Verstand, von Phantasie und Zeitgeist wirken in diese Prozesse auf besondere Art und Weise hinein und sind so Ausgangspunkt und gleichermaßen Ergebnisziel seiner speziellen Kreativität und der verführerischen Kraft seines Wirkens.

Einigkeit besteht wohl zwischen uns darüber, dass der Inhalt kreativer Ideen und Vorstellungen ein einziges wichtiges Ziel haben sollte, nämlich die Orientierungslosigkeit unserer Epoche anzuzeigen und die Frage persönlich zu beantworten, wie man sich dazu stellt.

Denn was nützt mir all mein Verstand und meine spezielle Begabung, wenn ich diese Grundfrage nicht auf neue, besondere Art verständlich mache und zu beantworten versuche.

Um es mit einem abgewandelten Wort des französischen Lyrikers Paul Vale'ry zu sagen: Das Neue ermisst auf neue Art „die Macht des Absurden und die Einbildungskraft."

Dieses Spannungsverhältnis bringt zweierlei hervor: Erstens die schrittweise Fortführung des klassischen Bildes von Musik zu einer zeitgemäßen Auffassung von Musik. Zweitens, dass wir in unserem Denken über uns offener und gleichzeitig unsicherer werden.

Doch hier hilft uns die Musik, wenn sie das Aktuelle aufgreift. Die Musik hilft uns, das Schweigen genauso zu ertragen wie die unlösbaren Widersprüche des Lebens. Hier wird noch einmal deutlich, wie besonders wichtig das Weiterentwickeln der Musik sein kann.

Neue Musik wird so zu einem unverzichtbaren Moment unserer Selbsterkenntnis und der Auseinandersetzung mit der Gegenwart. Danke, lieber Sohn, für Deinen Beitrag.

Ich umarme Dich
Dein Vater

Überforderte Wähler in Königs Wusterhausen ...

... bringen Sie, verehrte Bürgerinnen und Bürger, wieder Licht in das Dunkel!

Meiner Furcht folgt ein Appell: Ja, auch die Möchtegernpolitiker der nächsten Generation in den Kommunen werden es uns Bürgern im Wahlkampf nicht leicht machen wollen. Wenn der Streit um die Sitze der Stadtverordneten entbrennt, wird von den Vertretern der politischen Gruppen erneut viel Verquollenes und Verschwommenes zu lesen und zu hören sein. Das ist gewollt. Sie wollen es nicht anders, sie wollen es genauso.

Deshalb werden sie auch nicht den gelindesten Versuch machen, das auf uns - die Wähler – einstürmende Durcheinander von Vorstellungen und Meinungen irgendwie zu sichten, zu ordnen oder zu klären. Sie werden uns ungeformt die wirre Wildnis ihrer Erregungen überlassen.

Assoziationen, frisch vom Fass und kostenlos im Wahlkampf.

Keiner wird den Urwald ihrer Vieldeutigkeiten durchdringen können. Sie werden ganz einfach immer wieder vergessen, dass Mitteilung die Funktion des Wortes ist und dass, wer Ansprachen lediglich an sich selber halten will, etwas Überflüssiges unternimmt. Es fehlt die wichtige Gabe, etwas aus dem Chaos herauszuarbeiten. Wer aber nicht die Kraft zur Klarheit hat, der verwirft sie, der praktiziert Mystik. Und Mystik ist - nach dem Schriftsteller Alfred Kerr – entweder Impotenz oder Schwindel. Das sollten auch Kommunalpolitiker jedweder Partei beachten.

Das ist der eine Grund ihres Scheiterns; der andere ist ihre Konturlosigkeit.

Ob ein Stadtverordneter der SPD sich listig zu Wort meldet oder einer von den Linken etwas sehr Bedeutungsvolles zu Protokoll gibt, die CDU ihre gespielte Kompetenz heraushebt, die anderen politischen Vertreter ihre Solidarität oder Entrüstung zur Schau stellen – alles nur gespielt. Es geht nur darum, scheint es, ob das gewünschte Abstimmungsergebnis der hohen Selbstmeinung, die man als Akteur in der Kommunalpolitik haben sollte, schmeichelt oder entgegensteht. Keinesfalls darf man sich isolieren und durchschauen lassen als Parteienvertreter. Lieber gibt man sich kompromissbereit. So geht eben Politik, auch Kommunalpolitik. Das kann jeder Bewerber verstehen, unabhängig von einer wünschenswerten Qualifikation.

Unsere kommunalpolitischen Akteure sollten sich jetzt und später besonders bemühen, verständlich zu sein. Das Kriterium „Verständlichkeit" aber ist ein Widerspruch in sich selbst (Antinomie). Das ist zu beachten. Doch weil dieses zu beachten so schwer für unsere (kommenden) Kommunalpolitiker zu sein scheint, werden sie wieder in ihrer Sprache und in ihrem Denken schmierig bleiben. Sobald wirklich einmal ein kluger Kopf auffällt, werfen sie ihm schnell Knüppel zwischen die Beine. Sie reden lieber ab und an mal „radikal" , aber paktieren doch am Ende mit dem Polizeipräsidenten oder dem Landrat. Sie wollen und können deshalb auch nicht frei sein von wortreichen Schablonen.

Traurig für den Frommen ist jeder Götterkrieg.

Doch was ist in diesem Chaos die Position der „Freien unabhängigen Wählergemeinschaft Königs Wusterhausen"? Für mich war das einmal ein hoffnungsvoller Anfang. Und heute? Ich lese und höre nichts Wichtiges, nichts Originelles, nichts was einen nennbaren Unterschied zu anderen politischen Gruppierungen beschreibt. Vielleicht liegt das schon an der Tautologie in ihrer Bezeichnung? Vielleicht liegt das auch schon an den Gründungsmitgliedern der Wählergemeinschaft?

Vielleicht liegt das auch daran, dass die einzige Stadtverordnete der „Freien Wähler" - Frau Priska Wollein - nicht zur selbsterklärten unideologischen Wählergruppe gehört?

Schon möglich, dass sich die freie und unabhängige und Wählergemeinschaft noch erklärt. (Frei, wovon? Unabhängig, von wem?) Wir werden sehen. Noch einmal aus meiner Lebenserfahrung: Die sagt, dass politisch-ideologisches Parteidenken (auch das mit Scham versteckte politisch-ideologische Denken der Wählergemeinschaft) im Paradoxen endet, weil es kein logisch-positives Handeln hervorbringt und damit eine Moral bewirkt, die ausschließlich zwischen Zustimmen und Ablehnen unterscheidet.

Davon ausgehend, wende ich mich an Sie persönlich, liebe Bürgerinnen und Bürger von Königs Wusterhausen! Ich erlaube mir, Ihnen eine Diskussionsanregung zu unterbreiten - nämlich den Vorschlag: Die 2019 anstehende Wahl der Stadtverordneten nicht mehr den Parteien und politischen Gruppen zu überlassen! Liebe Bürgerinnen, liebe Bürger von Königs Wusterhausen, kandidieren Sie selbst, eigenständig, für einen Sitz im Stadtparlament! Nehmen Sie selbst die Dinge in die Hand! Kandidieren Sie als einzelne unabhängige Bürger - als von Parteien und anderen politischen Gruppierungen unabhängige Bürger! Sie werden ganz sicher genügend Stimmen bekommen! Sie werden gewählt werden! Zumindest einige von Ihnen werden das schaffen.

Machen Sie sich sachkundig in der Stadtverwaltung, wie Sie in diesem Falle der eigenen Kandidatur vorzugehen haben. Es sind nur wenige Hürden zu überwinden. Ja, es ist eigentlich einfach, die Dinge in Bewegung zu bringen. Sie als ehrliche Bürger können das. Unsere heutigen und morgigen Parteienvertreter können das nicht mehr. Leider.

Mein Fazit ist: Es gibt keine Partei und politische Gruppe der absoluten Ehrlichkeit; alle Parteien agieren im Geiste einer zeittypischen ideologischen Desorientierung. Die Zukunft unserer Stadt wird deshalb nicht durch den Versuch der Parteien, einen Ausgleich in der Mitte zu finden, liegen können. Denn nicht im Ausgleich der Mitte, sondern in den spannungsreichen Randbezirken des gesellschaftlichen Lebens – wo die Bürger sind - , in den spannungsreichen Randbezirken des Denkens liegt die Wahrheit.

Diese Wahrheit wird von den Parteien nicht gesucht und nicht gefunden und somit auch nicht repräsentiert, sondern ideologisch verschwiegen und verbogen.

In den Parteien gelten nicht einsichtige Schritte zur bestmöglichen Entwicklung unserer Stadt, echte Einsichten aus dem wirklichen Leben, sondern parteitaktische Schritte zur öffentlichkeitswirksamsten eigenen Parteienpolitik.

Für die Menschen in unserer Stadt – wie in allen anderen Städten und Gemeinden - geht es aber immer um die Erneuerung des Lebensumfeldes. Die Menschen fragen sich, wie viel Spielraum ihnen bleibt, das eigene Leben zu gestalten. Das ist eine zutiefst persönliche Frage. Nur sie verändert den Selbstbezug, nur sie verändert, dass der Mensch selbst über die Grundlagen nachdenkt. Das kann keine Partei leisten, das sollte auch keine Partei leisten wollen. Hier braucht der Bürger nicht den Ratschlag der taumelnden Politik in allen Fragen.

Die Welt der Politik ist eine dunkle Welt, ganz gleich, ob im Landkreis oder in der Stadt Königs Wusterhausen.

Bringen Sie, liebe Bürgerin und lieber Bürger, Licht in das Dunkel! Es wäre für unsere Stadt ein Segen! Kandidieren Sie also bitte als einzelner Bürger oder wählen Sie bitte parteilose Kandidaten ohne Eigennutzdenken!

Wenn es schon gelänge, ein Dutzend parteiunabhängiger Bürgerinnen und Bürger in das Stadtparlament zu bringen, dann wäre eine neue Sicht auf unsere Stadt sehr wahrscheinlich geworden – eine klarere, ehrlichere, weniger verstellte, bescheidenere, sinnvollere, vor allem aber eine freiere. Es wäre eine Sicht auf die Stadtentwicklung ohne dominierende Ideologien und Ideologieverdächtige. Es wäre ein Stadtparlament, das die Mehrheitsmeinung der Bürgerinnen und Bürger repräsentiert.

Einen solchen neuen Anfang zu wagen ist immer mutig und anständig!

Damit bin ich direkt beim Nachwort.

Nachwort: **Gedanken zum Buch**

Liebe Leserinnen, lieber Leser!

Ich hoffe inständig, dass Sie es tief in sich spüren: Alles geschieht aus Liebe zum Menschen und in der Hoffnung, mit der Erkenntnis einen Weg zur besseren Welt von Morgen vorzubereiten - oder es geschieht nicht.

Meine Auseinandersetzung mit der gegenwärtigen Kommunalpolitik in Königs Wusterhausen hat demzufolge als einen zentralen Aspekt mein philosophisches Interesse an Politik überhaupt. Also ist es weniger das Parteiinteresse, weniger das Interesse an einzelnen politischen Parteimeinungen, die mich um den Schlaf bringen

- es ist die Entwicklung der gesamten Gesellschaft auf dem gemeinsamen Weg in die Zukunft, die sich nach meiner Auffassung zum Negativen entwickelt.

Dieser allgemein anzutreffenden dystopischen (also anti-utopischen) Sicht versuche ich durch Analyse, durch Kritik der Kritik politischer Ansichten und kommunalpolitische Deutungen entgegenzuwirken. Ich will keine Kommunalpolitik machen, das liegt mir sehr, sehr fern. Ich will aber verstehen - im Allgemeinen, aber auch in jedem einzelnen Detail, in jedem Beispiel der gelebten kommunalen Entscheidung, die ja schließlich die Menschen betrifft.

Das ist auch der tiefe Grund, weshalb ich einen Dialog mit meinem Sohn über philosophische Fragen der Musik, die allgemein nach meinem Verständnis von großer politischer Bedeutung sind, meinen sehr persönlichen, emotional-analytischen kommentierenden Beiträgen zur Kommunalpolitk anfüge. Das mag eine ungewöhnliche Art der Sicht für den einen oder anderen sein, aber sie scheint mir besonders spannend und deshalb halte ich sie für berechtigt.

Kommunalpolitik wird da erlebbar, wo Menschen mit unterschiedlichen Ideen, Vorhaben oder Entscheidungen zusammenstoßen und berührt werden. Darum ist die klare Sprache, die ehrliche Kritik, die verständnisvolle Situationsbeschreibung, die scharfe Analyse und die kluge Vision entscheidend wichtiger als die politische Überzeugung. Hier trifft Persönliches auf Allgemeines, Kleines auf Großes, Hartes auf Weiches, Erinnerung auf Zukunft, Ablehnung auf Verständnis.

Jeder versteht, dass Kommunalpolitik in Königs Wusterhausen etwas sehr Wichtiges und Entscheidendes für die Bürger sein kann. Jeder einzelne Kommunalpolitiker hat eine enorm große Verantwortung. Daraus ergibt sich die Aufgabe für uns alle, kritisch hinzusehen und gegebenenfalls Änderungen herbeizuführen.

Dabei will mein Buch helfen.

Ihr Dieter Füting

Herausgeberwort

In GT – dem Online-Magazin für Politische Kultur und Mobilität – wurden einige der hier vorliegenden Texte bereits ganz oder in Teilen zur Disposition der Diskutanten gestellt: Und viele Tausend Leser - pro Beitrag im Durchschnitt mehr als 10.000, insgesamt der Statistik zu Folge mehr als 80.000 - haben mit der Lektüre ihr Votum abgegeben.

Das ist der Anlass dafür, eine Auswahl in diesem Buch als Print in die Welt der real existierenden Literatur zu entlassen, damit auch Freunde der haptischen Lektüre Erbauung an den Themen erleben können, die Dieter Füting umtreiben. Motto: Best Internet goes print. Oder anders: Nicht nur Print inspiriert die Welt des www, auch das www inspiriert die Welt der Literatur.

„Gedanken über Königs Wusterhausen" fasst die wichtigsten Essays dieses Autors zusammen, die zur kommunalen Politik in der alten Königstadt im Bürgermeister-Wahljahr 2017 und 2018 veröffentlicht worden sind.

Dieser Band will damit auch für andere, kommunalpolitisch nicht gleich geschaltete Wähler, ein Anreiz sein, Themen, die die Menschen so oder ähnlich auch über Königs Wusterhausen hinaus angehen, ja, die Menschen in vielen Kommunen in Deutschland möglicherweise sogar ähnlich bewerten würden, mit eigenen, nicht von den Parteien vorgegebenen Kriterien zu unterfüttern und zu bewerten und schließlich die richtigen Forderungen daraus an die Politik zu richten.

Dieter Füting nennt das: Den Spaß am Selbst-Denken.

Den, so wünsche auch ich es Ihnen von Herzen, sollen Sie mit diesem Werk gehabt haben.

Herzlichst, Ihr Norbert Gisder,

Herausgeber von GT, Online-Magazin für Politische Kultur

Der Herausgeber und seine Welt: Bücher und Beiträge in Büchern, auf CD und Tonkassetten von Norbert Gisder

(als Autor, Co-Autor, Herausgeber, Co-Herausgeber – nach Erscheinungsjahr)

Die Tegel-Connection - Peter F.: Interview mit einem Mörder
Audio-Text-Tonkassette mit Begleittext – Norbert Gisder1981
Verlag B. Proske, Berlin

Das Hotel im Zeltlager
Reportage über die Zeltstadt Berlin
„Berlin 87", Berliner Morgenpost/Ullstein-Verlag 1987

Ikonen, Made in Wedding
Künstlerporträt Vadim Moroz
„Berlin 89", BM/Ullstein-Verlag 1989

Elf Berliner stellen sich vor
Führer durch den Berliner Osten
„Berlin 90", BM/Ullstein-Verlag 1990

Backstage.
Das Ballett der Deutschen Staatsoper Unter den Linden.
(Bildband; mit einem Essay von Norbert Gisder – herausgegeben von Reinhard Wöbke, Avantgarde Creations 1992)

Lokaljournalismus 1992
Dokumentation – KAS/Bundeszentrale für Politische Bildung, Bonn 1993

Berliner, Ihr habt die Wahl – in: Forum Lokaljournalismus 1994
Jan. 1994, Bundeszentrale für Politische Bildung

Lokaljournalismus 1994
Dokumentation – KAS/Bundeszentrale für Politische Bildung, Bonn 1995

Themen und Materialien für Journalisten - Handbuch Wahlen
„Die Serie zur Wahl" – und: „Königsdisziplin Interview"
Herausgegeben von: Bundeszentrale für Politische Bildung, Bonn 1994
(Mitarbeit bei Konzept und Texten)

Lokaljournalismus 1995
Dokumentation – KAS/Bundeszentrale für Politische Bildung, Bonn 1996

Segeln in Berlin, da stören nur die Bürokraten
Porträt Berlin vom Wasser
„Berlin 97", BM/Ullstein-Verlag 1997

Berlin rund
Sportverlag Berlin
Wasserwanderführer von Norbert Gisder 1996, 1997, 1998.

Brandenburg rund

Sportverlag Berlin
Wasserwanderführer von Norbert Gisder 1998

Mecklenburg rund
Sportverlag Berlin
Wasserwanderführer über die Großen Seen von Norbert Gisder 1999

Mecklenburg rund II
Sportverlag Berlin
Wasserwanderführer über die Küste – von Norbert Gisder 2000

Berlin rund
Sportverlag Berlin/Ullstein TB
Wasserwanderführer, Berlin 2001

Berliner Kieze, Bd. 1
Berlinführer, Ullstein 1998
Herausgegeben von Norbert Gisder u.a.

Berliner Kieze, Bd. 2
Berlinführer, Ullstein 1998
Herausgegeben von Norbert Gisder u.a.

Berliner Kieze, Bd. 3
Berlinführer, Ullstein 1999
Herausgegeben von Norbert Gisder u.a.

Berliner Kieze, Bd. 4
Berlinführer, Ullstein 2000
Herausgegeben von Heidi Kuphal
– nach Idee und Konzept von Norbert Gisder w.v. –

Amok – oder: Die Schatten der Diva
Roman, 2004

Mars ruft Venus
Novelle, 2005

Die Maske der Schönen
Kurzgeschichte, 2006

Sehnsucht bleibt
Audio-CD 2008, mit Liedtexten von Norbert Gisder
Herausgeber: Peter Gentsch

Berlin und Brandenburg rund
Revierführer über Berlin und Brandenburg, Textbuch, Anderweltverlag

Deutschland, scheinheilig Vaterland
Eine Standortbestimmung
GT-Books, Norbert Gisder

Der Herausgeber:

Norbert Gisder, Gründungschefredakteur und Herausgeber von GT, einem Online-Magazin für Politische Kultur und Mobilität, ist Journalist. Der Autor und Fotograf schrieb Beiträge in nahezu 30 Büchern hat als Ressortchef der Bezirksausgaben der Berliner Morgenpost jahrelang selbst Lokaljournalismus gemacht. Dabei hatte er reichlich Gelegenheit, Bürgerbeteiligungen, Planfeststellungsverfahren und den oft zynischen Umgang der verantwortlichen Politiker an der Basis mit den Menschen in den Stadtteilen zu beobachten und zu kritisieren. Viele Tausend Artikel in der Berliner Morgenpost, viele auch in DIE WELT und WELT am SONNTAG sind in den 24 Jahren veröffentlicht worden, in denen Gisder als Ressortchef Berichterstattung verantwortet hat.

Norbert Gisder ist Diplompolitologe, hat in Berlin und Montreal, Kanada, politische Philosophie, Soziologie, Internationales Recht studiert und selbst jahrelang an mehreren Hochschulen Kommunikation unterrichtet.

Seit 1977 hat Gisder für viele große Zeitungen und Zeitschriften gearbeitet, außerdem für Rundfunk im In- und Ausland, fürs Fernsehen und für Online-Magazine.

GT – das Online-Magazin für Politische Kultur und Mobilität – www.gt-worldwide.com

Gegründet 2009, wuchs GT innerhalb der ersten zwei Jahren zu einem der relevanten Magazine im www. Bei der internationalen Seitenbewertungs-Maschine Alexa steht GT mittlerweile unter den Top 20.000 von ca. 1 Milliarde kommerzieller Online-Auftritten gerankt. Um die 800.000 Menschen lesen regelmäßig in GT; mehr als 1,2 Millionen Seiten werden jeden Monat aufgerufen.

GT - the German Magazine for political culture with travel trends - sailing/yachting, travelling, featuring politics, economic-news, culture, car-news and tests, design, medicine, sport, published almost in German language. Editor in chief: Norbert Gisder.

Mehr in www.gt-worldwide.com